U0044517

斑馬線
Zebra crossing Publishi

欸

陳克華

我們到達時
每個人被分配到的一個房間
已經完善；傢俱井然
織物熨貼。窗戶外面
一條友善而馴服的大河，陽光像是
專門為你而訂製的
淡漠的情人，無聲開門進來
在書桌旁緩緩踱步
偶而坐在你身上
當你正猶豫著一個不告而別的形容詞
而小立窗前，凝望

目次

第一篇　愛荷華

第二篇　台北／花蓮 033

第三篇　同志

第一篇

愛荷華

自己的房間

——愛荷華手札之一

我們到達時
每個人被分配到的一個房間
已經完善；傢具井然
織物熨貼。窗戶外面
一條友善而馴服的大河，陽光像是
專門為你而訂製的
淡漠的情人，無聲開門進來
在書桌旁緩緩踱步
偶而坐在你身上
當你正猶豫著一個不告而別的形容詞
而小立窗前，凝望——

你不知道從宇宙某個角度
可以看進每個房間裡
藏著的性愛成癮的鬼魂
而我們手上卻只有配給的故事
大綱：我們的人生啊！我們
撕髮銳叫但立刻警覺
房間隔音效果很糟
可以聽見十哩外的蟲鳴和十呎內的孵化
我們終於打開各自攜來的詩意和情節
和密藏的時差和完美隱身的飢餓
走廊的一頭是溼熱的污衣另一頭
冷藏著奶和蛋
對了，我們終於忍不住
將自己的房間做為心的譬喻——
方形蜂巢式的神龕

中央一枱微波爐
我們放進一顆冷凍的水煮蛋，在
神的耳語聲中
設下了時間。

二〇一七年一月六日，in Taipei

愛荷華速寫

——畫畫華苓

來愛荷華決定為華苓女士畫一張畫像。

儘管手頭工具缺缺，只有一枝鉛筆，但還是上網找到了一張滿意的照片。再也沒比老老實實一筆筆畫一個人的頭像，更能深入一個人了。

聶老師是典型容長的鵝蛋臉，額庭飽滿，上下方正，加上腰桿直挺，儘管身量不高還是予人高挑的印象。

眼睛是東方人的小眼，瞳仁奇特地距離鼻根很近，卻有一對份外舒展的眉，眉頭平滿少皺紋，眉眼配合便有一種有容乃大的感覺。從歷年前來愛荷華的國際作家的多樣性，早已充分證實了這點。

鼻子一根玉蔥似地直下人中，高挺之外鼻頭還下溜一小滴，是多少女人夢寐以求的理想典型，說鼻子是聶老師臉上最完美的部位，並不為過。

此外兩頰圓凸，光潤厚實，耳貼聽骨，耳廓深刻，都是身體健康之相，無怪乎今年九十有二了，仍然精神奕奕，談笑風生。

而嘴唇更是特色，上唇比下唇微厚，門齒平刨，笑時齊整如編貝，不笑時如嘴裡含著一顆珠。無怪乎說話有分量，聽起來溫柔委婉，實則擲地有聲。

畫完了，覺得自己似乎更了解聶老師了。

二〇一六年九月十六日，于愛荷華

異鄉

年過五十來到愛荷華，一待要三個月——隨日子漸漸漸漸過去，才漸漸明白什麼是異鄉。

如果更年輕點，待的時間更短一些，都不會了解。

小孩子是毫無異鄉可言的。

年輕人對家鄉之外的地方除了好奇、嚮往，還有前往一探的荷爾蒙在支撐，在鼓動。年輕人也沒有「異鄉」，只有詩化了的浪漫的「遠方」。

當然也從來不曉得什麼叫時差。

而我是到了時差永遠黏在身上的年紀。

從台灣到美國，下午三四點過後，正是身體時鐘的午夜至凌晨，可以一剎那間昏死過去，醒來毫無記憶，和之前完全接不上。

我這次特地帶了安眠藥來，還有褪黑激素。

夜半如果醒來，立刻計算還有多少時間天明，按劑量服下，強迫身體接受這裡的日出日落。

頭一個禮拜的成效是晚間七點陷入昏睡，午夜醒來，服藥後凌晨再醒，從此精神翼翼到黃昏。

朋友知道我用這純正西醫的方式調時差，十分地不以為然。他說：你應該要讓身體出汗，運動，讓身體感覺這裡當地的時間。

說得是很有道理，但看看這群和我一樣天南地北飛來的作家們，誰不是天一暗下便早早回房，從此悄無聲息？

每個人都時差呀，而且還個個不同。

作家特別多的是還有各式各樣的癮。最普遍的抽菸，喝酒其次。偏偏愛荷華校園禁菸禁酒。經常瞥見這群作家們作賊似地鬼鬼祟祟，無息無聲聚在建築冷僻的一角，或河濱或草叢或橋下，人手一菸，各自沉浸在層層煙霧瀰漫中。

誰不是拖著身體的記憶來到這裡？

有的菸癮，有的酒癮，有的時差。

我再加上一項：水土不服。

主要就是吃。三明治，意大利麵，貝果，酸奶，乳酪。吃下肚子卻完全不知是餓是飽。好吃不好吃。原來胃腸也還在時差中，還沒醒來的不只是大腦而已。

第三天開始瀉肚子。輕輕地。

把所有一連幾晚的歡迎晚宴的食物——墨西哥菜，意大利麵，外燴西點，紅白酒，氣泡水，全都拉了出來。

在超市看到平時不屑一顧的泡麵，竟然他鄉遇故知般激動欲淚，一時間難以克制，每樣各抓了一大把將購物車塞得滿滿。每晚睡前沖一碗，芳香四溢，完全是令人激動的家鄉味——這才覺得腸胃漸漸甦醒過來，舌頭開始懂得嚐鮮。

當身體轉變了，心理方才醒悟：真的是人到異鄉了啊！寂寞呵！

真正開始懂得寂寞，已經是在愛荷華一個月之後了。

對一個年齡超過五十的人來說。

也才驚覺其他年輕作家們似乎早已不如此想。他們早把整個愛荷華城當成臨時的家，完全溶入了當地，有的躲在咖啡店寫作，有的成天泡在圖書館書店裡，幾個會玩音樂的開起了小型音樂會，更有的夜夜混在城中的沙龍酒吧裡，談詩論藝，往往談至盡興，每每黎明方歸；當然，也有的已經悄悄談起了戀愛。

作家和作家，或者不是。

是的，一過十月聽說愛荷華天氣便要急凍了。

所謂異鄉人，就是你還不曾和在地人真正眼神交會，微笑頷首，手碰手，有心電感應。

是的。所謂寂寞，就是滿眼所見皆只勾引起記憶中故鄉的一景一物，某一段時光，某一個人。

但，如果你已經越過了這條界限了呢？

如果你已經和某個在地人真正地眼神交會，又微笑頷首，又手碰手，又有心電感應？

是的，才一個月，已經有作家聚在一起轉啤酒瓶玩起：「誰可以喝一杯」的老實說遊戲——

誰在愛荷華已經親吻過？誰在愛荷華已經做過愛了？

是的，越過了那條線，愛荷華就不再是異鄉了。

趁著還不到十月。

是的。

希望到那時，愛荷華於我已經不再是異鄉。

二〇一六年九月十八日

密西西比河上的彩虹

從十月二號住進紐奧良市的法國區（French quarter），已經三天了。

多次旅行至佛羅里達、古巴及墨西哥，可以隱約嗅見那共通的特殊的由加勒比海文化、西班牙殖民特色，以及美洲黑人傳統所混合起來的濃烈空氣。短吻鱷，人工竭乾的沼澤，巫毒，嘉年華，死神節。如今是爵士樂，美食，觀光客。

尤其是法國區。整個淪陷在觀光客手裡。

今天寫作坊未排活動，下午是市區觀光專車。中巴司機兼導遊，可是那一口不知哪裡來的腔的英語，我赫然只能挑單字聽。

而「市區」觀光竟然來到了墓園。司機兼導遊是位上了年紀的巨腹熱情大叔，興緻勃勃地帶著一付棺材模型來講解。

墓園佔地不算大，清一色白石棺墓，排排如小貨櫃般整整齊齊，頂上立著十字架。初見令我想起電影「歌劇魅影」裡克莉絲汀在墓園唱「但願你可以在這裡」，懷念著死去的父親的場景。

司機兼導遊打開他手中的模型棺材，裡頭躺著一小副塑膠骷髏，他詳加解釋：紐奧良人的埋葬是採「合議」制，一塊墓地葬的可以是一家人，也可是一個小團體（如球隊，社團等），只要生前大家同意即可。葬後一年，會把棺木再打開來丟棄，屍體就沉入石墓的底部，和其他「先人」混在一起，有如一堆亂葬坑。由於紐奧良一帶本是沼澤地，棺木無法埋得太深，自動會浮起。有人曾想出在棺木底下鑿個洞的辦法，讓地下水可以流入棺木裡，像沉船一樣固定住棺木。只是自從實行這辦法後屢遭附近居民抗議，說是夜半墓地屢屢傳來「剝剝剝」地氣泡聲，擾人清夢，或者聽著毛骨聳然。

這位認真異常的司機導遊還親自示範，一層一層屍體是如何「坐著」疊放的。

三個小時市區之旅結束，已是黃昏，向司機道過謝，我悶悶地下了車，想起法國區臨近密西西比河，來了三天至今還未能親眼目睹河上風光，便決定步行前往。

誰知才走到近河邊的馬路，朗朗晴空朵朵白雲之下，竟然飄起點點熱燙的雨滴，我抱頭爬上河堤，走過臨河的電車軌道，迎面而來是一巨幅深藍如大海的河面，遠處的鐵橋和港口，點點野鴨，再抬頭一看，竟然結結實實近在眼前的一道粗大彩虹掛在一塵不染的天空，兩隻腳幾乎就是插入了河面，如此清晰，華美，完整。

河堤上幾乎所有的人都驚呆了，被眼前這幅奇景給鎮懾住，沉默地或站或坐或臥，只是無語。有人甚至靜靜躺在河堤旁的草坡上睡著了。

我也靜靜坐了下來，直到雨點不再飄落，彩虹完全消失為止。

晚上回到旅館，沖了個澡，打開從附近超商買來的食物，埋頭吃了起來。

想起那白石的墓園。去年過世的父親。

想起黃昏河堤上突然落下的那一陣雨，以及密西西比河上的彩虹。

我和密西西河的初次邂逅。

想起父親走後的每個七，花蓮天空都出現了彩虹。

想起今天。

今天是我的第五十五個生日。

二〇一六年十月四日

兩個詩人的散步
——寫給高橋睦郎

走進那人的城。走進那人的街道。那人的家。走進那人的花園和房間。書櫃和閣樓。甚至，走進那人臥房窗外的遙背景裡去。

那是我第一次隔著大海看見入夜之後的富士山。像幅畫或明信片似地，連腳下的海水也是動也不動。靛藍的天，深藍的海，中央一頂白蓑笠。

我們是一起走的。

你如此邀請：

「用走的好嗎？」

我以為我是這樣了解一個人的。一起走路。走一段路。

我以為這是了解一個人最好的方式。

城市建築的牆。牆的光潔與裂隙。痕跡與髒污。醜陋的塗鴉與清秀的字跡。圓滾滾的噴漆塗鴉。

削瘦的行道樹。地上的落花。深藍天空一朵朵雲的神性的潔白筆觸。

植物深處的螢火蟲。

我們一起走著，經過了這些。一路上都是這些。人間季節與記憶的完整和碎片。

我們有時對話，有時自語，有時指著遠處踮腳驚呼。

但大部分時間我們只是沉默。

我們聽見彼此腳步踩在柏油路面的聲音。鞋底輾壓過地面砂礫的嘎嘎聲。

看見路邊的兒童玩著和自己幼年完全相同的遊戲。

絕大部分建築完全沉默著。

我知道你不只佈置了你的房間和花圃，同時，你也建造了你的街道，召喚了你的鄰居和路人，投影了你的天空和鳥你的全部的城。

所有你邀請我一同走過的一切。都是你。

我們被你攝入你魔法的城。我們行走其中又居高俯視我們的並肩行走。身是眼中人。

最後我們到達一座墓園。

我聽見你對著列隊迎接我們的碑文默唸，介紹著那一大群陌生的逝者當中你熟知的幾個名字，講述其中某些人的一生。

你說：這裡躺著一個詩人。他還在他的墓碑上設置了一個信箱。哈。你手指著。寫封信給他吧？

你說：這裡的鬼經常和你聊天。

「他們都說了什麼？」

我急切地問。

「都是一些新年的祝辭唄。」你說：「我們的一天，大概是他們的一年左右……」

你沒有再多說什麼。

但我因此知道你幾乎每天來到墓園一次。墓園中的某塊碑，某個死去的人，某段分解不掉的記憶。

「大部分時間我只安安靜靜聽鬼說話……」你說：鬼神的語言是象徵。不是普通的口語。像詩一樣，你必須細心全神體會。

「只有每年大年初一的一大清早，我在附近祭拜過神社之後，踅過來這裡，我才和鬼對得上話：

『新年恭喜啊！』——我終於可以這樣說。對鬼說。

又是新的一年呵……

每年一次。拜年寒暄之後，才又開始和我說些鬼話。」
又是，一些只有詩人與詩人之間，才能完全理解懂得的鬼話。

二〇一六年十一月二十四日，in Tokyo

往芝加哥美術館途中

愛荷華寫作計畫剛滿一個月之際，全體作家被拉往芝加哥做兩天兩夜之旅。

芝加哥是第二次造訪，但距離前一次已經是近廿年。唯一記得的只有舉世聞名的芝加哥美術館。正門前高高的台階前有一對青銅獅子。但奇異的是，究竟在館裡看了什麼，卻一點也不記得，或者，和太多之前或之後的美術館的記憶相攪和，成了一大片模糊的不確定，大腦只好「空白」處理。

一大早便問了旅館櫃台小姐，她說不遠，走路約半小時，基本上出旅館門右轉，碰到馬路（密西根北路）右轉，直走就到了。還好心地印出了地圖和制式的行路指南給我。

我一看地圖十分簡單的一條路，二話不說就出發了。走在密西根北路上，查看指示，才發現文字竟然是這樣寫的：1，走 Delaware 東道（即旅館所在），向東4百呎。2，右轉向密西根北路，一．三哩。3，遇麥迪森東路左轉，再走二百七十六呎。4，繼續走向密西根南路，〇．一哩。5，然後左轉。七十五呎。6，繼續走六十九呎。7，搭乘電梯下至

B1層樓，3呎。（等等，是哪棟建築的電梯？這裡還特別標明的3呎也有些難理解，是電梯的寬度？還是一層樓的高度？還是出電梯再往前走三呎？）。8，再走四十九呎。

這麼複雜？不是才說沿密西根北路一直向南走就到了嚒？

收起這神秘藏寶圖般的指示單張，我忐忑不安地沿密西根北路走過一個又一個紅綠燈，誠心誠意地尋找指示三的那個「麥迪森東路」。但當我全身汗涔涔地走了半個小時，仍然不見有這條路名出現時，原來的信心開始動搖，也才想起還沒吃早點，便決定先踅往路邊一家便利店。早上十點還一副才開張的樣子，空無一個顧客，倒是食物茶水皆已齊備，我買了熱騰騰的咖啡和餅乾，藉付帳之便向店員探問美術館在何處。店員一臉狐疑地瞪著我，彷彿根本懷疑這附近會有美術館：「是博物館嗎……好像有，我不太確定，應該是這條路直直往前走，過了馬路，你再問一下路人吧?!」

我於是捧著咖啡過了馬路，舉目四望還是沒有「麥迪森東路」的蹤影，但迎面倒是一棟古色古香的建築標明著「芝加哥文化中心」（Chicago Culture Center），我嗅到幾分和美術館相仿的氣味，門前又有幾位脖子上掛著名牌的員工，便決定前往一問。不料那位看似十分有「文化」的女孩一聽，立刻手指一個方向，說：哪裡！然後又立刻阻止我說：等一下我用手機確定一下。她熟練地掏出手機在Google map上輸入「芝加哥美術館」幾個字，立刻出現一張地圖和點狀的步行指示圖。「沒錯！不遠，才一百多呎！」她手指原先的方向，再仔細定睛一看，不好意思地向我道歉，原來她看反了，手又比向和原先完全一百八十度相反的方向，以十分確定的口吻說：朝這個方向走，過馬路再直直走，就會碰到「千禧公園」（Mellinium park），根據地圖，芝加哥美術館就在千禧公園旁。

由於她說得斬釘截鐵，於是我放下懸在嘴邊的心，依照她的指示，走過馬路。可是再走過一段路，一面又起疑，因為沿路只有行色匆匆的上班族，毫無一般美術館附近成群結隊的觀光客，再抬頭一看，面前矗立的巨大高聳建築群，原來竟是微軟（Microsoft）大樓，再往前走，就是一望無際的密西根湖的湖水了。

我止步傻眼四望，只能依稀看到身後遠方似乎有一抹些微綠意的樹林，只有硬著頭皮折回，再過馬路，走進樹林，只見處處在整地，沒有任何美術館標示，倒是入口處寫著「千禧公園」，走著走著看見前方有一位金髮少年揹包客正在邊走邊低頭滑手機，似乎也在找路，便連忙上前搭訕，原來他也在找芝加哥美術館。於是我們結伴同行，大約又向前走了才不過大三十呎，拐了一個彎，迎面而來便有一棟透明玻璃帷大樓在向我們招手，我們同時脫口而出：芝加哥美術館！

而這一切的一切，竟然都只發生在距離芝加哥美術館不超過五百呎的範圍以內。

為什麼我們心中的藝術聖地，它的鄰居們從文化中心的少女到便利超商的店員，都一無所知？

在美術館盤桓了一整天，我在回程途中還一直在想：也許，在更多人的心目中，藝術並沒有我們想像的那麼重要罷？

我再掏出口袋裡的早上旅館櫃檯給我的指示單張，才發現最底下有淡灰色的幾乎看不出來的一行小字：

芝加哥美術館，密西根南路 111 號。

二〇一六年九月二十一日

第二篇

台北／花蓮

哭

你躺在地板上大哭。嚎。淘。大。哭。
開始是希望有人能注意到你，後來就只是哭。單純的哭。
從聲嘶力竭到久久哽咽。一下。
但仍不肯輕易放棄。這哭。
隔著淚水你看見了天花板。
有一塊水漬。
像一片隱去的血跡。像人的手指沾血寫的一個字。
你轉頭，感覺到地板震動，有人遠遠向你走來。

二〇一六年十二月十二日，in Taipei

舔屏時代

地鐵上正對著我的，是一位看似已經退休的六旬老者。衣著考究，髮鬢齊整，一臉知識份子的文氣，行車顛簸間仍嚴穆地緊盯著他手機，彷彿正在閱讀一本經典而深奧的好書。

我下車時忍不住好奇瞄了一眼，結果發現他看的是手遊。而且是自有智慧手機以來就存在的最原始版本。

一位從未見過面的新加坡臉友，網上聊過，坦承自己是和女人結婚的男同志，從十年前起就每天在臉書上貼他的三餐食物，偶而畫面一角會露出他半張臉（而且只有他的，從未出現過其他人）。照片從來沒有任何角度光線或美感的要求，食物看得出來絕大多數是高級餐廳的水準，用意十分明顯，只有一個：單純的炫耀。

十年了，攝影技術沒有更進一步，而食物永遠還是那些。

今晚在便利超商購物時，進來了一群笑聲盈耳的青年遊客，其中一位拿起商品架上護耳保暖的毛線帽戴上，裝起了鬼臉，要同伴用手機幫他拍照。拍好他舉起自拍棒又自拍了一次。大夥兒相互看了看彼此手機，都真誠而燦爛地笑了。

真的是十分燦爛的笑容。

他隨手將帽子放回原處，大夥兒又一起離開。

但有一個叫做「時代」的年輕人留了下來。

他長得比我高大，寡言，對手機幾乎是對待寵物一般的感情。

他伸手攔住我，指著我的手機裡他傳來的照片——不知何時他偷拍了我又怎麼知道我的手機帳號？——冷漠地指著我：

你要愛你自己。再愛你自己一點。

你。愛。得。不夠。

然後彷彿要示範一次給我看，他當著我的面，吻起了他手機裡自己的照片。

二〇一七年三月十九日

改衣服

她從嘩啦嘩啦作響的縫紉機裡抬起頭來，看了他一眼，說：已經好了。

轉頭從身邊那看似亂塞成一團的衣物小山裡隨手一抽，便是他的那條改好的褲子。

「我說過，」她交給他：「要改的衣服送來之前，要先洗好。」又意味深長地看了他一眼。

他接到褲子，突然明白了她說這話的意思。

因為他嗅到他的褲子泛著一股氣味。

他立刻紅了臉，低下頭去。

給了錢，他如釋重負地走出來，回想起她的縫紉小店，窄小的空間裡各式衣物堆得寸步難行，竟是清清爽爽，空氣裡無一絲異味。

他一邊吶喊著走回家，一面彷彿琢磨出一點別的意思來。

二〇一七年一月七日，in Taipei

一顆鹹蛋

現在回想起來，媽媽的異常，竟是從那一顆鹹蛋開始的。

五年前首次聽媽媽說到外婆會做鹹鴨蛋，還覺得滿新鮮的。日據時代，外婆常常得徒步穿過花蓮市區，到美崙山上挖紅土——鹹蛋的製作得用特殊的紅土包覆？自小五穀不分、四體不勤的我，聽得一頭霧水。

而外婆第一次出現在我的記憶裡，便已經很老了，只記得裹過小腳的她常住在小舅家享清福，從不記得任何她的鹹蛋相關事蹟。

「這樣做出來的鹹鴨蛋蛋黃才會香，現在用塩水泡的是死鹹。」媽媽說。

也曾在假日騎腳踏車上美崙山亂逛時，特別留意了一下各處裸出的土壤，並未發現任何一處有異常的顏色。

「可惜那時候年紀小，不曉得和你外婆學習，現在也沒有人懂得這麼做了，紅土更不知道去哪裡挖。」媽媽說。

之後又聽媽媽連續提起過幾次。

幾乎是同樣的內容，同樣的句子，同樣的感嘆。尤其是在全家一同出遊的時候。她似乎完全忘了幾天前甚至是昨天才對同樣的聽眾說過同樣鹹蛋的事。

之後媽媽開始分不清夜晚白天，煮飯忘了熄火，甚至忘了做了幾道菜，待全家吃完飯，才又驚慌愧疚地從廚房裡端出一道菜來。

之後媽媽愈發少活動，經常是眼盯著電視，直到睡著。

之後媽媽偶而會漫遊在左鄰右舍，流連忘返，不肯回家。

之後我才驚覺家裡幾乎已經成為舊貨市場，媽媽不知何時起已經不再丟棄任何物品，所有用得著用不著的東西全到處堆著，上下疊著，四處塞著，阻礙著光線，招惹著灰塵。冰箱打開裡頭黑壓壓地擠成一片，全是塑膠袋包起來的不知放置了多久的食物。

之後才發現媽媽的個性變得愈發固執和火爆，家中任何大小事務都堅持己見，貫徹到底。包括堅持不看醫生，不進醫院。

直到有一夜大小便失禁叫不醒。

醫師診斷是老年失智，而這一夜的急轉直下是中風。

之後的家於我便不復是舒適柔和的，安全永久的了。老，和病，和死亡的陰影，突然從遙遠不可見的地平線，罩向了父母闃靜清冷的臥房。

本來失智已經消失了近期記憶，由於中風的位置在左腦語言區，從此媽媽又失去了大部分的詞彙和句子。語言復健的過程漫長而緩慢。

她不再提起任何有關外婆做鹹蛋的事。

而我依然偶而會在假日裡騎上家裡那輛舊腳踏車，去到美崙山上亂逛，在每個熟悉或不熟悉的角落停一停，看看地上被翻開的土壤。

二〇一六年十二月二十五日，Taipei

麻雀

在陽台上餵鳥有一陣子了。

先是住家附近各種野鳥都來吃食，包括白頭翁，冠八哥，及其他幾種叫不出名字的鳥。久而久之，竟然就只剩下野鴿子和麻雀。

野鴿子體型較大，三五成群，經常為爭奪食物而互啄。但仔細觀察，發現野鴿子之間也有階級之分，通常是由體型最巨大年齡最老的一隻先享用。其他在一旁觀看，似乎也有警衛的作用。

經常我開窗澆花時，便一哄而散。最多的時候，整個陽台欄杆可以停上七、八隻，極有可能已是兩代。

而麻雀呢？自然也是成群，而且從不單獨出現，而是隨著野鴿子而來——鴿子前腳才來，麻雀後腿就到。永遠挨著鴿子身邊吃。自然邊吃也會邊遭到鴿子的攻擊，但就是不肯離開。麻雀從不趁野鴿子離開時，單獨前來享用大餐。

為什麼？

我經常在陽台上空無一鳥，且盤中依然鳥食充足的時候，內心充滿疑問：麻雀為什麼這時候不來？

後來才漸漸想通。

麻雀遠比野鴿子更沒有安全感。他們寧願邊吃邊被鴿子啄，也不願冒險單獨行動。野鴿子機警性高，四周一有動靜立刻飛走，麻雀自然也就跟著一哄而散，野鴿子簡直就是他們天然的保護傘兼警鈴。

天生萬物都有其生存之道吧……

每次我補充完鳥食關窗之際，總是這樣想。

但如果要我在野鴿子和麻雀之間選擇，我只能選擇做鴿子。

那永遠在慌張，恐懼，躲閃中匆匆啄兩口鳥食，永遠寄生蟲似地依附在野鴿子身邊的麻雀，我可以憐憫，卻永遠是無法認同的呵！

二〇一七年八月十五日

我的歷史課綱

忘了什麼勞什子歷史學家說過，所有人類書寫過的歷史，不過是部個人的「現代史」。因為所謂「歷史」，述說者人既不在歷史現場，該如何說起？即使乘了時光機回到現場，還總不免有個人（我相，人相）和時代（眾生相，壽者相）給予的觀點與眼界的限制。所以「歷史」裡既無「還原歷史真相」這件事，也無所謂客觀與主觀，更與「真實」搭不上關係。「一段時間，各自表述」，往往只能是「個人造（口）業個人擔」了——而學佛給我的啟發就是，人類歷史無非是一部「顛倒眾生」史，開悟得道的人紛紛離開，「自知不受後有」地永離輪迴，惟有菩薩例外地繼續窮究三界六道，不放過任何一個有情眾生，地獄不空誓不成佛。而這「顛倒」原意指愚痴人類慣於以「苦」作樂，衍生的愚行橫貫人類一切歷史，階級，種族，貧富，權力。太陽底下真的並無太多新鮮事，不過是貪嗔痴不同組合合演的一齣無盡連續劇。看多了不免有歹戲拖棚之感——或者，歷史就真的只是「歷史劇」而已了。

從小就注意到父親的右手小臂上有道約兩吋餘長的大疤，厚，微凸，閃閃發亮。於我，那就是我生平第一個「歷史課」了。小孩天生好奇，多次追問父親這疤怎麼來的，也往往得不到什麼直接答案，但時日久遠，反覆推敲，東拼西湊，道聽途說，也大致只能從眾人口中得到一個並不清晰的輪廓。

那道疤是父親在山東老家初上中學（相當於現在國中）時，日本軍人用刺刀劃的。父親有個年紀大他一輪的大哥，日本侵華時人在青島唸書。當時的青島雖是德國租界，但日本軍隊侵入中國後，也並不放過這些德國人，包括教會人士。而當時這位大哥（我大伯）似乎是在夜裡和一群同學偷偷撕了日本人張貼的宣傳標語，之後人溜之大吉，卻連累了甫才上初中的父親。當時日本軍人的作法是，高中以上撕標語者逮住一律槍決，以下者關起來「管訓」——而這所謂管訓，就是精神恫嚇加肉體折磨。把父親關進飼養狼犬的狗籠裡，手臂上用刺刀劃下吋許的傷口，另外還得看「節目」——將一群在青島傳教的修女趕進庭院，剝去了衣服至一絲不掛，在這群偷撕標語的中學生面前，放狼犬活活咬死。

這會是怎樣驚心動魄的一幕？而一個才上初中的男孩又如何承受？

三個月後父親才經由族人送了銀元贖回一條命。

我也逐漸才能理解父親為何對於這道疤的來歷，長久以來的沉默寡言和顧左右言他。

這道中學時期留下的精神傷口之深之痛，如何用日常的語言適切地述說？而這段個人生命史中狗籠裡的三個月，該是任何歷史學家窮盡所有「同理並同情」之心和一切「專業訓練及想像」，也無法如實描述和評價的罷？

而這道長不過吋許的疤，放在那個時代，卻又是何其不起眼，微不足道的一則小故事？所以我從不相信什麼「大時代的故事」，只願聆聽每一個個人生命在時光和時代之流裡細微訴說的漂移和風景。二〇〇六年我有機會在日本交換學者半年，在台灣人稱羨的東京和京都市區日常行走，東京的現代繁華，京都的典雅深邃，我都同意，但我同時也無比真切地體受到了日本人民族性裡的恐懼，虛矯，徒然和殘酷。一種制度性的非情，自我保護，靈魂深處的絕望和壓抑。台灣人眼中的天堂，我卻看到栩栩如生的地獄景象。

因此我知道，我正在寫下我自己的歷史課綱。

七月父親以九十高齡驟逝，在喪禮上我遇見了一位四十年沒有見面的小時鄰居和同學。多年沒見，如今他已是大學教授，面目五官和記憶中的他，除了放大，絲毫沒變。而因此我竟記起了他的父親，很早便過逝的一位福州來花蓮工作的裁縫。二二八那年花蓮市本來無事，一群地痞流氓卻跟著起哄，四處追打殺害持外省口音者，他母親可憐他只會說福州話的父親，將之藏匿在家，風頭過後兩人陷入愛河，不久成親，才有了之後他們一家六口。

而他又如何看待那年震撼島內的二二八呢？我依然看到的，是人性在無盡生命之流裡漂移時所發出的細細微光。那是在人類歷史最熾烈的白晝和最幽深的黑夜裡，都依然能夠感受到的朝你無盡凝視著的，恆星的光。一道無視政權推移，口號變換，依然日夜照耀人心的目光。我，已經在我父親臨終時的雙眼裡真實看到。

而有了這光，我們的生存，乃至全人類的共同存在，還需要這樣一紙改來改去，爭論不休的歷史課綱嗎？

二〇一五年八月十六日

少糖去冰

「少糖去冰。」他點了飲料之後說。眼裡彷彿有種哀傷的請求，同時又是嚴峻的指示。
「去冰還是會有小小的冰塊喔！」
「去冰。」他面無表情又重複了一次。
彷彿冰是毒似的。
那，就不加不就成了？
但他十分篤定。
店家在收銀檯邊貼出了微糖，少糖，半糖及全糖的標準說明。
我懷疑人類的舌頭能夠分辨。
他付了帳怔怔地立在櫃檯旁，靜靜等待他的意志被貫徹。
一個少糖去冰的世界。
但仍會有小小的浮冰漂在表面。
他彷彿反覆玩味著這句話。

二〇一六年三月二十五日

白蟻天

有人是對空氣中的溼度敏感的嗎？

有人對光，有人對聲音，有人對色彩，有人對文字。

而我對溼。

經常半夜醒來，胸口不適，覺得室內異常悶沉，一開窗，外頭總是正嘩嘩落著新鮮的雨。

早晨依舊春雨潺潺，卻響了幾聲巨雷，震撼了門窗。待出門時卻又是陽光普照，氣溫回升，外套雨傘全丟在家裡。誰知午後天暗了下來，雲層四方聚集，下的是豆大的雨點。

當然只好淋雨回家，一陣梳洗，出門買晚餐。

可能因為下雨，自助餐店門可羅雀，菜色稀少，但自動門一開，群群肥大的帶翅的白蟻，跟隨我身後湧入了自助餐店，撲向燈光，或倒映在湯裡的光。

我撈起湯裡的一具蟲屍，盛了一碗半涼的湯帶走。

一路店家住戶的燈泡，都已密密麻麻圍滿了棕色巨大的白蟻，翅膀不停撲動，頭不停撞向燈光。再撞。再撞。再撞。

他們不是應該早早褪掉翅膀，雙雙在木頭縫隙裡交配產卵嗎？

但更即時的本能是歡樂，他們正飛向燈光狂舞。

像舞池裡酩酊的舞者，向著音樂的中心扭動著軀體，在霓虹裡心馳神蕩，粉身碎骨。

第二天清晨雨停風靜，路上儘是蟲屍，薄薄的一層棕色落葉似地，鋪在地上。

我一路踩踏過蟲屍，看見至少有一對白蟻，成功地甩掉了翅膀，在某個木質的潮溼洞穴，漫天雨花裡愉悅交媾，產下了眾多的卵……

二〇一六年四月十四日

永遠的溝仔尾

二〇一五年夏天當我站在花蓮市區的溝仔尾發現南京街橫跨水溝的那條橋「不見了」時，突然意識到某種生命「階段性」的清楚切痕在我身上顯靈，在如今空盪盪的停車場的眼前呈現。因為我對花蓮兒時記憶當中，很重要依憑的一張照片，便是外婆抱著我立於這橋頭的家門口的三歲照。

數年前市政府強拆掉了水溝上的老房子，包括我家「明義街2號」，如今，連橋也不翼而飛。童年的消逝，父母的老化，一句「時代的變遷」，都是在人的粗糙表淺意識不能覺查的狀態下，悄無聲息地發生，卻無比清晰地完成，然後現前的。時間如何作用？剎那間青春退場與心境轉移，變得如此真實，我站在「童年」的消失現場，如迷於娑婆的弟子著老和尚當頭一記棒喝。脊椎震動，頭皮發麻。心中只閃過一念：我的確是老了，同時也經過了許多事——而身邊的花蓮，台灣，中國，甚至整個地球呢？

最起碼，地球熱了，中國富了，而花蓮的交通便利了，風貌徹底變了。變到溝仔尾完全消失，就彷佛正式宣告著一個連我這時代人也不甚理解的時代的結束。一個保守，封閉，步調遲緩的花蓮，不免要全面擁抱高房價高地價，觀光業深化，全台退休老人移居潮，旅遊餐飲業主導一切的生活型態了。

我彷佛與這所有變化有關，又彷佛無關。

其實花蓮的變化一直都在進行著，溝仔尾的消失不過是觸到了我鄉愁神經的「底線」——更早消失的，還有位於大港口和八仙洞之間的「靜浦醫務所」。

而我和花蓮是怎樣一種緣份，竟然民國七十五年服預官役時，分發抽籤又抽回花蓮。在美崙受訓時，居然地點距就讀過的花蓮中學僅咫尺之遙，看得到出不去。第二年調派東海岸靜浦當醫官，為當地阿兵哥和民眾看病，人口結構三分之一原住民，三分之一大陸撤退來台老兵，三分之一先住漢人，包括閩南和客家。一個花蓮的濃縮版典型村落。三者之間和樂融融，沒聽過什麼叫「族群」。七十七年退伍時還出版了一本散文《無醫村手記》（圓神），紀念那整整一年極特殊的生命經驗。廿年後重訪靜浦，鋼筋水泥的醫務所居然可以「不見了」，繞了幾圈，才知道連續幾年颱風從秀姑巒溪入海口侵台，溪水改道，整段海岸公路消失又重建，「靜浦醫務所」早已不在原來路邊，也早已廢棄荒蕪多年。記憶中的站牌不見，柑仔店不見，連美麗的長虹橋都被更寬闊的新橋取代。翻著手中那本手記，恍如隔世。發現自己竟然只能用文學和幾張泛黃的當兵照片，去見證民國七十七年群聚靜浦的那一群曾在我生命留駐的退伍老兵，年輕阿兵哥，原住民和其他村民們……

是的，文學見證著從我生命中消逝的一切——現在還有人讀王禎和嗎？

如果有，那我談我成長時期的花蓮就省事多了。我只需告訴你，王禎和那篇「玫瑰玫瑰我愛你」，寫的就是我童年的場景，我出生長大的那條街（但其實我還有另一個童年，出自我的想像，但同等真實，便是儒林外史第二回——現在還有人在讀《儒林外史》嗎？如果有，那請你翻開其中第二回第一句，便有個騎在牛背上畫荷花的王冕，是山東省汶上縣人，古稱中都，對了，就是孔子當過魯國「中都宰」的那個中都。我想像中的童年，就是一條蜿蜒清麗的汶河，夏天開滿了荷花，而我和王冕一樣為花痴迷……）

而真實的我於民國五十年誕生在花蓮市明義街與南京街交口的一處水溝上搭建的木頭房子裡。山東籍爸爸民國三十八年從上海隨國防醫學院遷校來台，畢業後分發到花蓮防癆局，和世居花蓮南濱的農家之女我媽媽近水樓台，自由戀愛結了婚。花蓮好山好水就是颱風地震多，從小也都習慣了，但媽媽談及民國四十年的大地震仍心有餘悸：「那時花蓮市區房子幾乎全倒，餘震不斷，又謠傳會有海嘯，所有人夜裡都不敢睡在房裡，直往山裡跑……」幼小的我豎起耳朵想像那好萊塢災難電影級的場景，只能說：比較起來，颱風好多了。

因為颱風一來水溝漲水，從家裡地板的縫隙就可以看見底下滔滔驚波近在咫尺，水面不斷漂過不知哪裡沖來的各種東西，從桌椅到玩具，好不有趣。颱風天大人忙著堵水釘窗，小孩只盼著雨停出去玩水。

略微懂事之後才知道我居住的地區叫做「溝仔尾」。大人口中是風化區的意思。記憶中若以南京街明義街十字路口為中心，沿南京街南向行去似乎走的是西洋路線，西式酒吧和「東方情調」茶室麕集，而明義自由兩條街夾住水溝，向南濱方向行走則本土化多了，除了水溝上綿延不斷的吊腳樓式的各種海產小吃店，還有賣大力丸的國術館，典型中國南方造型的城隍廟，及隱身其間的妓戶等，這些竟然都是張愛玲在「重訪邊城」一文裡寫過的。

再大一點才知道南京街上的西式酒吧，原來是供打越戰的美國大兵休閒渡假的，那時花蓮港還有這個用途也沒有人提過，民國六十四年越戰結束，我國中二年級，這些酒吧也才逐年逐漸凋零消失。之後街坊附近也曾留下一些形跡可疑的黑小孩，會說流暢閩南語，罵髒話，往後幾年也不復可見。我還因此寫下一首「南京街誌異」。

這如今看來孟母絕對要三遷的溝仔尾，在小孩眼光中可又是完全不一樣的風光，這區有叫「祇園」的全花蓮最高檔的日本料理店，「又一村」最道地的中國北方菜和小米粥，茶室酒巴兒裡穿梭的鶯燕是最甜美善良的姊姊阿姨，兼營喜慶婚宴的一家酒家竟然叫做「大觀園」，裡頭住滿了風光接客的林黛玉、薛寶釵，苦情的紅樓二尤。那時父親就在這裡開設私人診所，壽軒眼科，家裡人來人往，就都是這等可愛人物。

可惜天下無不散宴席，上了國中先是「紅燈塔」不見了，花崗山頂拔光了草蓋棒球場後來又拆掉，說是壞了風水使花蓮市區連年大火。上了高中連北濱外海築在堤上，天天騎車上學皆要看過一遍的「白燈塔」也被炸燬。民國六十二年於我是告別童稚的轉捩點。我上的花崗國中的升學班中的升學班，突然明白天下有所謂「同儕壓力」這回事。我成了填鴨教育下的清教徒，直到六十五年國中畢業，父母英明，反對我太早離家北上考建中。於是我入了位於太平洋濱的美麗花中，有名的會被海浪打到會在地板上撿到魚的海岸教室三年，一年比一年靠近海，就在高一升高二的暑假，我在上半天暑期輔導課的下課（或翹課）時光，前往田徑場邊相思樹林「小躺」一下，太平洋海風徐徐拂過樹林，樹梢紛紛掉落淡黃色小花，我陡然心生一念：我是個詩人！我要寫詩！

高中之後的兩年，果真就認真大寫特寫起來，之後也才有投稿獲獎，因而結識瘂弦和高上秦兩位大編輯的緣份。而那太平洋濱相思樹林裡的靈光一現，謬思附身，多少年來令我百思不解，三十年後偶然閱讀人本心理學大師馬斯洛的著作，才恍然那原來叫做「高峰經驗」。一點靈明，從此改變我的人生行路和沿途風景。也才能充分體會到馬奎茲的形容和深意：妓院樓上是最適合作家寫作的地方，白天很安靜，而一到晚上，全城最有趣的人物就都會自動聚集到樓下來。溝仔尾彷然也就是這樣一個福地，孕育了我寫作原初的靈魂。

「任何事物原都有它們的生命，只要喚醒它們的靈魂就行了。」馬奎茲說。詩神在我十六歲那年在太平洋濱的花蓮中學喚醒了我的靈魂，使我照見自己的生命，也讓我重新看見溝仔尾散發的光。

永遠的，溝仔尾。

二〇一五年十一月二十六日，聯合報副刊

放下（Let go）與放棄（Give up）

年前和畫家朋友一起出席某畫廊的一檔展覽開幕，開展的是位旅美業餘女畫家。她作品特別之處，在於全都一個尺寸，一個主題：人的臉。老的少的，男的女的，黑的白的黃的各種人種都有。很符合她在美國洛杉磯居住的生活。琳琅滿目掛滿幾道牆，頗有一番浮世繪的趣味。

當下友人相中一幅，立刻決定買下。頗令我訝異：我這位朋友平時手頭並不寬裕，怎還有閒錢買畫？除非他是真的喜歡。

那是一張面目清瞿，一臉鬆髯的西方老人的臉，戴著一頂灰色毛線帽，乍看之下，和克里須那穆提，或奧修這些心靈大師有些相似。或者說得通俗一點，就像電影「魔戒」裡的巫師甘道夫。

「我喜歡這張臉……」朋友說：「像個有修行的人。」

朋友把臉湊近那張畫，有那麼一瞬，我一旁覺察到：其實他們的臉長得有點像。同樣長臉，蓄鬚，挺鼻樑，雙眼皮大眼，目光清澈。

「是我家附近的流浪漢……」畫家現場解釋。

我和友人同時都「哦」了一聲陷入沉默。原來我們都猜錯——頓覺她這一語道破有些煞風景。

原來只是個流浪漢。現在應該叫「街友」。

但其實我和大部分人一樣並不了解他們。

前幾年在東京進修時，夜間路過一個公園，月光下看見群聚的Homeless井然有序地排排睡在一大片廣場上，現場鴉雀無聲，地上也無一丁點垃圾，活像是守規矩的學生們在露營。

他們會是這現代文明的「出離者」嗎？當時心中閃過一念：他們遠離了現代人價值中心的「家」和「金錢」，甚至是象徵內心風景的一切「建築」與「居住」，這，和宗教的「出家」有何不同？

餐風露宿，逐食物而居，絲毫不追逐世俗「主流價值」，他們行走在人類文明聚落的建物邊緣，只以人們的丟棄物為生，同時承受世人不解或輕蔑的目光，毫不辯解。不事生產卻也不製造更多垃圾。脫離一切人際關係網絡的枷鎖束縛，同時也徹底背離了資本主義的遊戲規則。從表象看，反而更接近魏晉人物「以天地為棟宇」的灑脫，同時也是「良田萬頃，日食三升；大廈千間，夜眠八尺」的恬淡——誰說他們之間絕對沒有與茫茫大塊俱遊的行者？

望著這張街友的臉，久久看不出任何的「對人生放棄」的意味，只是兩眼平靜柔和地注視著正前方，像在思索著什麼。

佛教強調的「出離心」與「不執著」（detachment），所謂的「放下」（let go）和世俗所謂「放棄」（give up），看似雷同，其實是有著最原本初心的巨大差異。出離之後可以在佛法上「精進」，走向更廣闊的開悟與自在；但對生命的全盤放棄，卻形同負向的「放縱」，只能沉淪在虛無的迷宮裡行行止止。

我們三人同看著這張畫，這張臉，突然感受到各自對這張臉的內心投射，因而同時各自陷入了沉默。

父親

「發燒了？」

父親的額頭抵住我的，不超過五秒，離開。彷彿這樣，便已經能夠準確測量出我的體溫。

小時候的我，竟然只記得這是唯一和父親身體親密接觸的時刻。之後有很長一段時間，時常冷眼打量生活周遭的父親們，看他們是怎樣和子女互動的。那些現代習以為常的親啊抱啊，我都十分懷疑，曾經發生在幼時的我身上過。

我只記得父親有很長一段時間不在家。從我還沒上小學，直到我會提筆寫日記和作文。我生平第一封信，便是用半注音符號半國字寫給那時遠在台北受眼科醫師訓練的父親。

只有父親記得當時離家的情景。我大哭，抓住爸爸不肯讓爸爸走。大人騙我到鄰居家玩，再偷偷叫了黃包車載走了爸爸和行李。我在路邊發現了跑在車後追趕，追了好長一段，追不上又大哭。

而我對這一段事情的發生，成長後竟毫無記憶。

爸爸只提起一次。他說：四五年後結束訓練，回到家，發現我已經和他離家時不一樣了。我變了。

「哦？」我很好奇：變得怎麼了？

爸爸淡淡地說：變得我們比較像是朋友，而不是父子。

哦。

如果這世界真的有輪迴這回事，那麼五十年後我在父親的加護病房裡，日夜守著昏睡中的父親十二天整整，就是一次。什麼事也不能做，只有時常把我的額頭抵住父親的，感覺他身體體溫的高低起伏。

父子倆生平最親密的時刻，竟然都只能在病中。

畢竟，上蒼垂憐還是天道無親？父親的額頭在一段高熱之後，很快一次又一次地冷下去。第十二天就再量不到體溫了。

我在父親走後一段低潮的日子裡，不斷回想起父親說起的那段童年往事。

我不解：我這是在「重新經歷」一次童年的心理創傷嗎？我曾經在載著父親和他的行李的人力車後頭邊哭邊追著跑？

何其狠心的父親呵……，我一定曾經心裡這麼想。

但之後我為何又對這段往事毫無印象？

是太痛了非得埋入潛意識深處否則不能繼續人生行路？

我不知道。

但我如今確實想做的，是在路邊停下來，看著父親乘坐的黃包車消失在馬路的盡頭，擦乾眼淚，告訴自己：爸爸不過是離開一下，還是會回來。

爸爸是永遠愛我的。

爸爸，我要原諒你。同時也原諒我自己。

爸爸，我愛你。

每當我的額頭離開爸爸的那一瞬間，我都聽見這些話，在我心裡輕輕響起，同時也在爸爸耳邊說過一遍。

二〇一五年十一月二十九日

恐龍之夢

我眼見一群恐龍酣戰後的景象。
在一座人類經營的大賣場裡。
有任何爭鬥不血腥恐怖的？從人類到動物。
只是恐龍戰鬥後的景象份外怵目。我彷彿還可以嗅見裸露在外的臟器所飄出的血腥味。
（誰叫他們的名字原來就有個「恐」字——我想。）
而荒謬的是，店家竟然，把這些血肉模糊或面目猙獰的屍體，堆放在賣場外的開放式櫥窗裡展示。
我望著這前所未見的場面目瞪口呆，突然靈光一現：何不拍下來？
我才想起隨身的相機在背包裡，背包在賣場的櫃檯裡（多麼落伍怎沒想到用手機！）
我衝入賣場又衝回，抓出相機無論如何一陣猛拍，才發現相機不是我的（手持陌生相機，我到底拍到了什麼我無法確定。）

再猛一抬頭，才發現原先的恐龍屍體戰場，不知何時已經被商家移除，擺出排排女性塑膠模特兒，穿著亮晶晶的晚禮服，試圖遮掩方才驚心動魄的場景（好高的效率又好拙劣的手法）。

我猛按快門直到快門卡住（相機快門居然會卡住，我到底拍到了什麼我無法確定）。然後我瞥見一隻幼小的倖存的恐龍，一道影子般，偷偷穿過那些微笑亮麗的美女軀體隊伍，快速離開了現場。

這樣，我才心甘情願從夢中醒來，一翻身找到身邊的相機，迫不及待開始翻看裡頭存放的照片。

二〇一五年十一月十五日

雙生子之夢

A是位頗富男人味的中年古董商。短髮蓄鬍，肌肉飽滿，是一眼便可以認出的那種下班後會開跑車，潛水衝浪，到遙遠的蠻荒做志工的男人。

每一次造訪他半似古物半似垃圾所堆起的店鋪，總能見他從陽光與灰塵的夾縫中擠出他雄偉的男性來，以低沉如大提琴的嗓子和我道聲：好。

B是我一位半生不熟的朋友，久久連絡或見面一次，除了單身，我對他幾乎一無所知。而直到某個清晨我才陡然醒悟：A與B原是自小失散的同卵雙胞胎。

我從手機裡找出B的照片，一看再看，一秒也不想躭擱，立刻衝進A的古董店，把B的照片端在A面前，幾乎是半強迫地：看，這個人是你雙胞胎兄弟！

A那張好看的臉盯看著相片，眼睫毛高高低低地搧動好久，下頭眼球子轉了又轉。

在他抬頭面對我說出任何一個字之前，我竟然已經淚流滿面地醒來。

二〇一五年十月十四日

一個人早餐

不知何時養成的習慣，早晨醒過來第一件事，就是在廚房裡摳摳摸摸半天，弄個像樣的早餐。

經過一夜的夜氣浸潤，偌大的房子漫著一股冰鎮的涼氣，像深山莽林裡蓄著瘴癘。我必須獨力如朝陽般奮力驅散這孤獨之毒——

先煮水，烤爐裡擱進凍成石頭般的雜糧麵包，一把咖啡豆哎呀呀粉身碎骨在磨豆機裡，再倒入 espresso 咖啡機，壓實了，高壓蒸氣過濾。旋開注水口時，一股暖熱溼氣嗞一聲迫不及待衝了出來，像機裡頭要爆炸。

微波爐裡烤著紫色小地瓜，黃金色的燈光曬著它橫陳噴香的胴體。瀑布般一道滾水直下沖開了麥片粥。煎鍋裡荷包蛋四周濺起細小跳躍的金黃油珠。

這時天光還只是微微，如張愛玲所說：沒有陽光的地方，盡有古墓的清涼。

我身體一如這還半沉睡的世界，死了般鉛塊沉重。

而廚房是我的祭台，我祭司般團弄著火，各式各樣遠古以來的火，企圖暖起我的心。我心臟的位置，也正是此際這世界最需要溫度的地方——

不久陽光將一吋，一吋，極緩慢地，重新接管這原屬於他的國度。

只是當我面對一桌熱騰騰食物舉起咖啡時，還並不是十分確定，太陽會依舊如昨日昇起。

二〇一五年二月

加拿大海關記

有十五年不曾來溫哥華了。但十五前那次入海關的經驗仍然使我不快。記得當時海關人員一直對我手提的禮物百般刁難，懷疑其價值，以及我是否要賣掉牟利。天殺的那只是一盒鶯歌陶瓷茶壺茶杯而已，能值多少錢？

而今年——相隔十五年再度叩關溫哥華，我手提鳳梨酥，心犯嘀咕：這回又會怎樣？海關人員很年輕，西方深色臉孔，看不出是中東印度還是南美洲臉，看過我的護照和表格，一臉不悅，不客氣地用英文說：為什麼一個人來？而且這麼久沒有來過？我被這突如其來的詰問怔住：一個人旅行違法嗎？而這十五年間我去了至少廿個地區和國家卻未到過加拿大，這也有問題？

他開始以審問犯人的態度問我此行的目的，上次來所見何人，我的職業，這次要見的人是誰，什麼職業，和我什麼關係，如何認識的，然後四處挑我語病，甚至還問我是否去了西非或巴基斯坦——而且還更莫名其妙問了一個問題：為何沒有申請美國簽證？（天啊他難道不知台灣護照不用美簽嗎？而且我入境的是加拿大又不是美國為何需要美簽？）

最後他把我的護照和表格往一旁粗魯地一丟，眼斜瞪著我——算是過關了？

誰知事情沒完，提了行李要出關，一旁有人看了我的表格上面用紅筆不知標記了什麼，便把我叫住，又是問我：一個人？我點頭，他說：請走B方向，前方又是一個穿制服的海關人員，東方臉孔，開口問我要名片。名片？我更不解了。如果我真的是什麼恐怖分子，這樣的詰問能有什麼效果？在台灣印一盒名片不消數百元，頭銜自己加，還有人幾個月換一張。而我偏偏身上遍尋不到一張（有誰出國渡假會帶名片？），只得以醫院網站上可以找到我的名字過關。他最後仍然問同樣一句：一個人旅行？

天啊加拿大是個什麼國家不許一個人來旅行？我再也按耐不住，回他一句：我是同志（I'm gay.）我沒有伴侶也不能結婚，所以一個人旅行，這有什麼問題嗎？

他怔了一下，便放行了。

海關是一個國家具體而微的門面，而我想再給我十五年，我也很難對這個國家有好感。

早晨七點57分

不知何時起，經常有鳥出現前陽台，棲在細小的欒木枝上。

起先不以為意，但漸漸地注意到，次數似乎太過頻繁了，而且種類包括紗帽山這附近所有可能出現的鳥類，包括夜鷺，麻雀，八哥，和白頭翁。

尤其是白頭翁，一般成對，鳴聲特殊容易辨認。幾次還撞窗意圖飛入屋內，令人不能不留意。

而前幾個月借宿我家的香港朋友，偶而會向我提及晨間被鳥鳴吵醒，這是他住香港幾十年所不曾經歷的。

「而且，」他說：「有一種很特別的鳥叫聲，連續好幾天……」

他不解：醒來看錶，都剛好是七點57分。

我想起我高中時期為準備大學聯考，可以不必按鬧鐘，睡前想好明天要幾點起床，第二天便幾點起床，分秒不差。而且是頭一沾枕，立刻沉入夢鄉，一夜無夢，時間感完全喪失，一覺醒來有如一眨眼工夫。

我百思不解，只能歸諸那段備考時期心無旁騖，全神貫注的緣故。因為之後便再沒有如此能耐。

何時人類失去了這樣精確有效率的生理時鐘？我的門診裡充斥著因為吃安眠藥而併發乾眼症的病患。難以入眠，早醒，淺眠，多夢，睡眠中斷，林林總總。

多少現代人在該入眠的時候精神亢奮地抱著3C產品，卻在該警醒的時刻流連在半夢半醒的烏有之鄉？

天行健，君子以自強不息。這個「健」字，尤其值得現代人深思。

早知潮有信，嫁給弄潮兒。相恨不如潮有信，相思始覺海非深。古人早已對大自然的變化循環深有體會且深具信心，「潮有信」而人不可信，還把「天行」打亂破壞至今日這般田地。

今天早晨我和香港朋友正在客廳用早餐，香港朋友突然叫了一聲：「聽！就是這鳥叫聲……」

我們同時望向窗外陽台，一對白頭翁正停在那根延伸出去的欒木枝上。

低頭一看錶，是七點57分。

我的美好孤獨

感冒反常持續了快一個月，今天早晨覺得快好了，就還有點咳。
可是出門前見桌子上擺著幾顆時鮮的柑橘，一時嘴饞，隨手剝了一顆吃了。
吃了而後才想起橘子性寒，咳嗽究竟沒好徹底，是不該吃。否則之前的調養便功虧一簣。
然後才意識到一個人的生活，很容易便這樣。
陷入放縱，和懶散。無效率。
可以一個人晚睡，只為了電視上一部長片捨不得沒看完。
咖啡卯起來可以一連喝上三四大杯。
迷起電視網路購物就大買了一堆生活不必需品。
下班後不想回家，就賴在辦公室電腦前到深夜，什麼也沒做。
孤獨原可以是美好的。深度的閱讀，思考，和創作，都少不了它。兩千年前的佛陀之所以要成立僧團，又是閉關又是結夏安居，初心無非就是要提供這「美好的孤獨」供弟子專心修行。否則在家人時時困於婚姻活計中，滿滿心思盡是柴米油塩，汲汲營營，如何返觀自照？如何轉識成智？

讀阿含經，佛陀其實是不鼓勵任歌舞戲劇娛樂的（大約即現在的電影電視外加演唱會），甚至團體修行時亦不喜有人聊天說話（那就是現在的電話手機3C產品）。

因為美好的孤獨得之並不易。

一但這孤獨裡摻雜著任何一絲放縱，那便有可能讓人在孤獨中陷入無止境的停滯和散亂。因此才又制定了戒律。又必須隨時觀察弟子的進度。

一個人的生活，有時候就需要借用佛陀的智慧，給自己設定一些規則（戒），確實遵守。

而享受孤獨之外，還需要時時自省：善用了孤獨否？

今晨吃下的那顆橘子，果然如實發揮了效果：入夜大咳。出痰。才從感冒的虛弱感掙脫的身體只覺得又濕熱些。躁。

治療一個月的感冒終於被一顆橘子打回原形。

我的美好孤獨，我一向自詡的多年來一個人生活，這回我終於瞥見，它原來如此脆弱，而且危險。

二〇一四年二月

標籤

下班的路上買了一件打折的羊毛包領長袖毛衣。海軍藍灑著細密小白點，沉重中帶一點含蓄變化。

今年聖嬰發威到至極，立冬了還是滿街T恤短褲。難怪冬衣如此早打折，價格如此低廉。

買回家才發現一件衣服上，一大落共別了六、七張標籤。外加一條細藍帶綁著一小顆扣子，上頭壓著商標。

商標上有「Italy」字樣。連衣服背領上的一小塊全是英文的衣標，上頭也有大大「Italy」這個字。

這年頭成衣非意大利無以言高級或名牌，連夜市地攤貨也都全面「意大利化」，令人無所適從。

撕下標籤時稍微留意了一下。第一張標籤明明白白印著「Made in Taiwan」。

第二張有意思：七日保固。保固期間產品加何如何，可以如何如何。為何才七天？記得在美國買衣服常不急著拆標籤，但其實拆了也無妨，一個月內即使穿過弄髒，覺得不合適或不喜歡了，拿著發票收據仍然可以退。當時在哈佛唸書，就聽說比較講究時髦的同學就是這樣向服裝店「借衣」參加舞會，從來不必花錢置裝。

第三張標籤，純羊毛保證。100%。

第四張，清洗注意事項。條列出七、八項。

我腦中閃過一個疑問：清洗注意事項怎麼能寫在標籤上？標籤一撕掉就不見了，日後洗燙哪裡去尋？所以一般都縫在衣服內面縫隙，且印在塑膠織布質料上，保證不會褪色不見。

我翻找一陣，果然在靠近腰部的縫邊上找到一片清洗注意事項的標籤，但卻只有短短三項。

第五張又是保證百分之百羊毛，還畫上一隻可愛的綿羊頭。

第六張又是清洗說明，又有一頭羊，生怕你不知道這衣服是純羊毛。

最後一張，竟然是一份進口羊毛證書，上頭還印著貨物批號。

我內心嘀咕：我們吃進肚子的油把關有這麼嚴謹週到就好了。

不過是件羊毛衫。

畢竟今年是暖冬。看來穿到的機會並不大。
畢竟還是路邊打折買的。
但一一撕下這成落的標籤再把毛衣在衣櫥掛起來，心理還是有股踏實溫暖的感覺。

二〇一六年一月十日

晴時雨

他敲門進來，說他從家裡出門時，一條街外正下著大雨。不可思議，因為才十分鐘摩托車的距離，我家是大晴天，酷熱，藍天白雲，中午十一點。

他一路被雨追趕。

他像逃難似地奪門而入，坐下來討一杯冰茶，啜了兩口，雨已追至，在窗外發出猛烈的鐵皮拍擊聲。

茶喝完，我們決定出去吃中餐，電梯下到一樓，才發現雨還在下，只得又上樓抓了兩把傘。

出門走在人行道上，正午的陽光如烈焰，陽光裡卻是豆大雨點結結實實打在人行地磚上，熱氣蒸騰撲面而來，有如水倒進滾燙的油鍋，嘩然四起。抬頭四望，天空靛藍，白雲靜靜，遠處還有幾道噴射機劃劃出的長線，這雨從何來？

我們擎著傘默默走在馬路上，周圍急促的雨點閃著細細金光，如萬隻透明的蜻蜓振翅穿梭。

想必，此刻有一小朵雲雨飄在我們頭頂正上方，小小底像把傘，就只罩住我們的頭，傘下雨水滂沱。

突然腦袋裡出現這類似漫畫的畫面，那朵小小的烏雲，「正急促地消瘦著。」

一頓飯吃完，走出餐廳時雨已經完全停了，而且，地面竟然已經完全乾了，不留一絲水漬。彷彿方才的雨只是一場幻覺。

今年夏天有些怪異……。

我們握著傘心中有共同的疑問，然而只是都沉默著。

想起一些讀過的零碎的句子，譬如，煩惱如頭頂上那朵小小的烏雲，正急促地消瘦著。

二〇一六年八月七日

乞丐與行人

人行道旁他明顯擺出失去的一條腿，行乞。

一條透明無形的髒腿，曾經破碎地浸泡在血泊中。如今被他無情誇張地展示著。

值得多少憐憫？

每個朝著他走來的行人，遠遠地看見，皆不由自己地在腦袋裡飛快計算著：我該投下多少與憐憫等值的硬幣？

或者乾脆就佯裝沒看見，快步走過。

生命整體無價，但切開來一塊一塊看，就都有價，有行情。

像器官在買賣。

瞎一隻眼。缺隻臂膀。佝僂骨癆。臭頭爛耳。嘴歪眼斜。瘋傻痴呆。

都各自有各自的價錢。

他們各自佔據人行道的各個角落，向這世界鉅細靡遺展示他們的缺陷和悲慘，索討他們人世應得的憐憫和報償。

人間虧待他們的，他們由此伸手討回。

生命無價，而憐憫則可以多少開個價。

他們以為，這便是可以公平且精確計算出這世界虧欠他們的具體數字的方式。

愈是作出可憐相，愈能引來硬幣。

一顆眼球，一隻臂膀，一條腿。甚至只是一個爛瘡。

行人匆匆行過，有些停下來，如實掏出了憐憫價。有的視若無睹，以為自己的一毛錢也不給，便是賺到了相對的那筆數字。

這是一個人人都以為自己會贏的世界。

每個人都贏。

那，整個人間只有輸。

二〇一六年五月三十一日

人工湖

連續假期的最後一天，陽光已經偏斜了，他騎機車載著我飛奔向一座頗遙遠的，位於城市郊外的湖泊。人工的啦。他說。我身體蜷縮在後座，在刺寒的風中一路猶豫：真的要去？感覺天就要暗下來了。我們走了很久，車子還在城市的大街小巷裡鑽來繞去。人工鑿出的湖？我想起多年前的一首詩。室外有一湖。人工湖。我問他：為什麼要躺在如此空曠少人煙的地方？人工湖回答說：因為，只有這樣，上帝才看得見。地球表面。有一滴眼淚。到了果然湖小如一顆眼淚。人煙卻一點也不稀少。水還算乾淨，水草萋萋，波光粼粼，可以看見水下小小魚群。湖邊有人賣咖啡。繞了一圈想走了，但還是坐下來喝杯咖啡。想起來時路上有一座廢棄的房子，兩個年輕人拿著噴漆正在外牆上作畫。雖然是一團塗鴉，但眼中發出光。想起上帝如果在百無聊賴的連續假期最後一天，應該比較想要看看他們畫些什麼。而不是一滴眼淚。天很快黑了。我們從原路下山，路上沒有燈。

二〇一六年三月二日

好人

終於我們都成為好人。

由於迫不及待，我們的好都只是淺淺底，薄似一層皮。

像初生的鼠胎，五臟六腑一目了然。

而且「好人」一穿上就脫不下，那樣鐵錚錚一眼就可認出的好人。

就只好繼續穿著它，習慣它，擁抱它，和它融為一體。

但不像壞人的歷久彌新，金剛不壞，好人總是容易磨損剝落，鏽蝕龜裂。

於是我們三不五時，偶而想起，就要撕下一層好人，再披上一件新的好人，的皮。

於是一件件好人，在我們臥室門口排成長長的隊伍。

隊伍太長，前進緩慢，終於有些好人等得不耐煩，呼呼敲起了門；或是偷偷摸進房間，

趁著我們做著好人不該做的事的時候，一躍而上我們的床。

取代了我們的尖叫。

地鐵站裡的蝴蝶

牠突然出現，拉了一束陽光進入了地鐵站。一隻尋常不過的白粉蝶。像從某件裙擺或某張圖畫裡化現似地，如此逼近，翅膀一振一振地剪裁著陽光，成一小片一小片的方形，菱形，三角形，橢圓形，不規則形，紛紛掉落地上，行人的腳步立刻踩上。

踩髒它。

粉蝶毫不氣餒地繼續揮動翅膀，剪著那束被刻意拉得長長的陽光，人群像一團團蝗蟲組成的烏雲，才從車廂裡吐出，又立即被吸去。

遠處傳來一輛救護車尖銳的鳴叫聲。

一具受傷淌血的肉體急馳而過。

一隻白色粉蝶拖著一束陽光，曲折穿過團團烏雲，消失在地鐵站最深的黑暗裡。

二〇一六年五月三十一日

讓座

走遍全世界，沒見過在地鐵裡有人這樣子讓座的。

車廂裡人原先已經不少了，一位婦人帶著兩個小孩又擠了進來。眼睛分明在四處尋找座位，但幾處空出的位子已經先一步被人佔據了。

這時一位坐在靠車門的婦人陡地站起來，向帶小孩的婦人讓座：「沒關係，妳坐嘛，小孩子也要坐……」

這邊極力推辭：「沒關係，沒關係，我們再兩站就下車了……，站一下沒關係，」兩個人真的當場沒關係來沒關係去地爭執起來，一時間僵持不下。

我身為周遭近距離觀眾之一，忍不住別過頭去，不想看這令人尷尬的一幕。

讓座的婦人見終究座位讓不成，又不好再坐回去，便選了靠車門邊的位置站著，賭氣似地眼看著窗外，而空出的位子，在已嫌擁擠的車廂裡，竟也沒有人肯坐上去。

車行又過兩站，陸續有人下車，不少座位空了出來，帶孩子的婦人也並未如她所說「再兩站就下車」，就大大方方地在讓座的婦人面前，招呼著兩個小孩一起坐下。

不知怎的，我發覺我再也無法忍受眼前這一幕，只想下一站到奪門而出。

想逃出這一列「公民與道德」課本實例演練的車廂。

第一個感受是：台灣人是不是潛意識裡都努力試圖做一個父母眼中的乖小孩？一代傳一代，永遠小學時代，背負著父母嚴厲的目光。如今，成為同樣嚴歷的父母。

第二個感受是：拒絕。

不知誰說的，每次拒絕他人的善意，都是一次自我小小的死亡。更何況是來自陌生人的善意。

台灣人真是不放過自己？

我終於如釋重負走出車廂時，突然閃過一念：人與人之間真誠的善意，原來有這麼難？

二〇一六年二月九日

一躍

早晨在陽台上收昨天晾上的衣物。

接連幾天的陰霾，昨天又下了一小陣子雨，雨後絲毫不見清涼，依舊潮暖悶熱，衣服晾了一天也不知乾透否，但想到是假期最後一天了，只能勉強收起。

誰知在收起最後一件內衣時，赫然眼前一道暗褐色的影子，從衣服裡鑽出一躍而上我胸前，定睛一看，是一隻蟑螂！

他迅速向下竄逃，又一躍而下地板，在我還沒回過神來撲打之際，已躲進洗衣機後的暗角。

我摺好衣服，仍不免訥罕：這一躍，救了這蟑螂一命。誰教他這招救命必勝技？

人生有時候能不能渡過難關，就看能不能做到這放手一躍！不是嗎？

我打消了用殺蟲劑清理陽台的念頭，決定將陽台這塊空間，讓給這隻蟑螂。

二〇一六年五月二十二日

甜

有回請大陸來台北的朋友吃湘菜，多點了一盤白饅頭，新蒸剛出屜還熱騰騰，大家都餓了，等不及上菜便都各自抓起來咬了一口，我只覺尋常，大陸朋友卻失聲大叫：「這饅頭裡加了糖！」

可是這麵太甜了？

我不知道，也嚐不出來。可見現代人舌頭對甜有多習以為常。但我是有糖尿體質的人，不能不多留心，也不由得不感嘆：現代人在外用餐，糖無所不在。無怪乎糖尿病的人似乎愈來愈多。

近日去了一趟美國，朋友帶了一大塊烤成暗棕色的龜殼般的大麵包給我，拿在手裡沉甸甸，有種扎實感。包裝上寫著一長串我看不懂的英文單字提醒我在異國閱讀菜單的困難挫敗。「是猶太人吃的麵包。」朋友簡單介紹。

回旅館房間查了一下，翻譯起來是一長串：加了卡加馬它橄欖和迷迭香的 **pretzel**

challah。pretzel 似乎是一種源於中世紀修道院的鹹餅干，在美國餐廳或小吃攤常見，通常做成一圈心形中央扭打個結，這裡取的似乎是它的形；而 challah 則是一種加欖仁的猶太麵包，傳統上在安息日和猶太節慶食用，可以沾岩塩吃。

第二天懶得下樓吃早點，便抓起那塊 challah 配旅館房間內的咖啡吃，誰知一入口，整個人馬上醒過來，這 challah 外硬內軟，入口即化，外有焦香塩粒，迷迭香襯托，內有大顆紫紅色厚肉卡加馬它（希臘一城市名）甜欖仁支撐，混合著白麵，咬起來甜香撲鼻，餘甘濃烈，也更富嚼勁。

這「甜」的滋味，層次分明，迂迴曲折，可說是循循善誘，繞舌三日。

原來主食的「甜」，是可以間接經由迷迭香，岩塩，和橄欖，三者彼此合作烘托而成，一如文學裡的隱喻，詩裡的象徵和暗示。

藝術原理相通，烹調和詩的手法也不二。這裡又得一明證。

而我想起那塊饅頭的甜。真的是加了糖？

如果是，那果真就猶如一首技法拙劣，辭意粗暴的文學作品，吃了除了戕害身心，愚化味蕾，哪有營養和滋味可言？

二〇一六年四月十九日

往宜蘭區間車

真的是有逃難的共同歷史記憶的民族？月台上連上個火車都像在擠難民船。站站都停的區間車，像在複習地理課本似的，連我這個花蓮本地人，都不知道在花蓮——羅東——宜蘭之間，這一路有這麼多陌生又奇特的地名。

車行緩慢，站站之間短短幾分鐘，才安靜一會兒很快便又響起廣播。××站到了。要到××站的旅客請下車。別忘了您隨身的行李。

後來索性就連廣播也消失了。車廂默默地停止，又默默地啟動。整車乘客幾乎沒有人移動過。

方才前呼後擁擠上車搶座位的那群人，很快在車行晃動的節奏當中，睡著了。包括我。

睡夢中耳邊響起了廣播。伊藍。一朗。疑郎。義男。

這班車是開往移嵐的區間車。

隨後響起似乎是四種語言的「移嵐」，但彼此只有極微小差距，像是小孩子在學發音，其實都是同一個辭。

飴懶。依欄。夷籃。易難。

然後響起如假包換的真實粗嘎男聲：各位旅客，剛才播音系統發生異常，敬請見諒。

完全沒有專業的冰冷口吻，就像是和你在聊天。對不起，播音壞了，一直出現「飴懶」。

想必是少有的狀況，沒有現成的罐頭播音可以用。

原來宜蘭還沒到。

我醒來不及一秒，又睡。

耳邊隨及又響起不斷重複的沂瀾的字辭聯想，永無止境的細微口氣差別的，疑藍。

然後，又是絲毫沒有道歉意味的男聲響起：剛才播音系統發生異常狀況，敬請見諒。

這個聲音粗嘎的男人。

我應該是睡著發夢了。

飴懶。依欄。夷籃。易難。

我看見所有的宜蘭男人擠在火車上小小的播音室裡，向著所有睡著的旅客，包括我，發出「宜蘭」所有可能的相似音。
飴懶。依欄。夷籃。易難。
站到了。

二〇一六年五月二十一日

白色風鈴

我的床頭上懸著一掛白色貝殼串起的風鈴。

串串白色扁形扇貝，裁切成圓盤狀，垂在同樣由白色扇貝拼成的傘狀圓頂下，遠看像隻胖水母，一脹一縮漂游在臥房的空氣之海。

那是多年前逛淡水老街時，在一家貝殼專賣店買的。之後再去發現店裡陳列的貨少了，再去，店就收了。當然是因為全球化的保育風興起，貝殼也在保育之列。

從此也沒有再見過相類似的風鈴販售。

然而有一年回花蓮老家，偶然上到父親診所的樓上，赫然看見完全相同的一掛風鈴，懸在陽光滿滿的窗邊，真的像一隻在熱帶海洋裡悠遊徜徉的白色水母。

陽光透射過薄薄的白色貝殼，再折射至整個房間，真有種半透明的空間效果，當微風拂過窗縫，整隻水母便活了過來，動了！

當時我心中微微一顫，訥罕良久：原來，父親也喜歡這樣的一只風鈴？

然而不知為什麼，我什麼人也沒說。包括父親。

如今父親過世已近一年，同樣風鈴也仍舊懸在我的床頭，和父親診所的窗邊。

張愛玲回憶起小時候為相片上色，總是揀一種特別的靛青，大了才發覺，那也正是她母親最喜愛的顏色。

她說：遺傳就是那麼一種飄忽神秘的東西。偏偏她母親的精明幹練，她一樣也沒遺傳到。

我和父親之間，有什麼共通的隱秘的連結？

從小我就只是個家裡的乖小孩。乖到和父親不親。待及年長至父親離開人世，彼此的了解似乎永遠在原地踏步。

父親的博愛慈悲，怡然自得，好脾氣，我一樣也沒有。

但這串白色風鈴，卻證明了我身上流著父親的血。

縱然，也只是喜歡同一只風鈴而已。芝麻綠豆大的事。

但這似乎暗藏著更深邃廣大的某件事物。我，和我父親之間。

我永遠不能清晰地指出的，像在一首詩裡，一串白色水母狀的風鈴所能象徵，所能涵蓋，所能指涉的。

原來父親也還沒有死，他繼續活在我的身體裡。

當我睡前望著那串無聲的風鈴，彷彿永遠靜止不動，又彷彿會隨著我的呼吸，在我瀕於入睡的前一瞬，悄然動了一下……

而我還繼續活在父親的血液裡，當一天我死的時候，他也還要再死一次。

二〇一六年五月三十日

遠望

記得少年時代第一次擁有一副高倍率的望遠鏡的興奮之情。

我拿著望遠鏡興沖沖地騎上腳踏車，去到花蓮市郊美崙山坡上，想試試這望遠鏡望遠的「功力」。

那是我首次如此清晰地眺望自小成長的城市。

首先映入眼簾的，是流經市區的美崙溪。一條綠蛇似地蜿蜒，在出海前神龍擺尾，又大大地迴繞了一圈。沿途淤積著大片沙石，幾年前添加了堤防，植上花草，號稱河濱公園。

我一路調整著焦距，又刻意放大了倍率，將對岸景物一一拉至眼前——終於，我的視野裡出現了一個男人。

中年，平頭，一身工人打扮，身旁停著一輛摩托車，正站在公園裡一處靠河岸無人的角落。

他正面對著我，臉微仰，解開褲帶，掏出了老二。

我略微遲疑了一下，才決定不馬上把鏡頭轉開。

他臉上現出剎時解放時的舒適表情，隔著河岸我似乎都還能聽見那巨大尿柱打在地上的啪啪聲。

我將鏡頭由臉往下移。

然後又移回到臉。

不知為什麼，我突然覺得，這時他的神情變了。

他彷彿看見了我。

我那高倍率超級清晰的鏡頭，將他細微的表情變化鉅細靡遺地拉近至我的鼻尖，似乎明白告訴我：他看見我了。

我立刻放下望遠鏡，轉身離開。

雖然事後回想，隔著那麼遠的距離，似乎不可能。但從此我的望遠鏡就擱在抽屜裡好多年，不曾再取出使用。終至不知所終。

二〇一七年三月四日，in Taipei

賣花

捷運出口有位老婆婆在賣花。野百合啦，太陽花啦，草莓之花啦。綁成一小束一小束的，插在小水桶裡。

她很少露出笑容，甚至眼神總是冷漠，帶點嫌惡的。

偶而有人上前詢問，她總是先全身上下打量過這個人，才說出個價錢。通常，是高得離譜。

我在一旁觀察，只是不解。

重要的，怎麼會有人賣花，而臉上毫無半點花的祥和喜悅呢？

莫非這就是馬克斯所說的人的「異化」？種花賣花的人無從體會花開的美好？

她就這樣經常佔據著那個並不許擺攤的人流洶湧的地鐵站角落。

我一如以往經過她身邊，沒有停下，回到家，打開晚間新聞：照例有人義正辭嚴，聖人面孔，振振喋喋，口口聲聲為人民為將來，為民主自由。可是光看那些臉，把電視聲音關掉，更像是一個個獨裁者。

孔子說：「視其所以，觀其所由，察其所安，人焉廋哉！」觀察一個人的時候，可以先看他目前所做的事，接著再擴大觀看他所經歷過的事，最後再看他辦完事後，心裡安住的情形。如果能這樣周遍、仔細地觀察，一個人的真面目，哪裡藏得住啊！

孔子可沒有說要了解一個人是光聽他說些什麼。

身為一天到晚被為來為去的「人民」，我們能做的似乎只有「觀察」。

何時賣花的老婆婆臉上能綻出如花的笑容？

少女的笑

清早的健身房以為只會有我一人，沒想到還有兩個女孩。年紀很輕，大約高中生模樣，沒在健身房見過，但兩人皆膚色黑亮身形姣好，運動得很健康。

兩人帶來了自己的音樂，音量放得很大，一面伸展一面吱吱喳喳說笑聊天。

我站上跑步機開始健身的例行。

而兩個女孩說話的音量愈來愈大。

接著傳來身後那架複合式舉重機被「使用」的聲音。但與其說使用，不如說在「玩」。那是一架一般只有男生會使用的舉重器材，包括擴胸訓練的蝴蝶機，大腿四頭，肩三頭，和擴背。對一般女人而言，重量太沉。

但奇異地，先是一陣陣鐵片重重掉落的撞擊聲，再來便間歇夾雜著兩個女生的嬉笑聲，不久少女的笑轉為狂笑，且笑得頗為「孟浪」，音量甚至壓過收音機的熱門音樂——幾次我甚至想回頭一探究竟，因為那聲音實在不像少女口中發出的——我甚至以為，那聲音幾乎可說是女人在床上高潮時的淫叫，也並不為過。

終於這令人不適的笑聲和令人不安的「鐵片掉落聲」超過了我忍受的極限——我在最重一聲金屬交擊和女人銳笑中忍不住回頭斥喝：健身房機器不是用來玩的！

兩人一時怔住，面面相覷。

我仔細一看，那鐵片的插梢放在一般男生也舉不起來的重量上。

原來方才，是女人，在模擬著，感覺著，試圖仿同，男人舉啞鈴時身體的感覺。因此而興奮，而放縱，而進入一種類似性高潮的激動（無經驗的少女因此狂笑起來，並不知道這樣的笑頂好留在閨房裡）。

一如男人以肌肉的充血仿同陰莖的勃起。在健身房，原有許多潛意識的性能量在流動著……

女孩們在角落安靜地做著瑜珈。

這時看來又與一般女孩無異了。

這時陸續有其他歐巴桑進來健身，她們總安靜地踏著貓的腳步，幾乎無法覺察。已經嚐過禁果的女人，邁入狼虎之年的女人，甚至過了更年期的女人，似乎都知道那些「抓欄杆，撕床單」的笑聲，真的真的，只適合床笫之間。

暗夜豬隻

終於看清楚，那輛不時擋在我們這輛車前頭的那輛貨車，載的是一群豬仔。

午夜行路，在黑暗籠罩的山裡夜裡，蛇般蜿蜒的前方，偶而被車前燈照亮的擁擠在籠裡的白色豬隻。

他們向著我們的燈光瞪過來，一陣陣叫聲撕裂山谷的寂靜。彷彿被車子的燈光灼傷似地。

那露出眼白的眼珠子裡盡是恐懼。

但不知道恐懼著什麼。

兩車速度相差不多，有時候近些，有時遠些。但就是擺脫不掉。

最接近的一次我終於看清楚這群豬仔的面孔。

我看見其中一隻是我，我那對爬滿血絲的眼珠子在車燈照耀下似乎盲了，在與我正面短暫交接後飛快地消失在黑暗裏。

樣品屋之戀

共進晚餐時，他幾乎是氣急敗壞地向我們描述他今天在台北亂繞時看到的一棟美極的房子。

「就在市中心，建材用的是樟木，竹子，輕鋼，揉合了古典南方中國和西方後現代元素，門口的鵝卵石和流水的創意尤其令人感動，你們不知道那入夜後燈光打起來有多麼迷幻……」他是香港建築師，極力形容這棟不可思議的充滿想像力的建築，而且赫然就座落在我們這群台北人所熟悉不過的市中心某個街角。

「而且前庭留出近廿公尺，簡直是浪漫到奢侈浪費了！」他以寸土寸金的香港人眼光充滿虔敬地述說，滿臉不能置信。

餐桌上我們台北人有的面面相覷，有的陷入沉思，同樣不敢相信台北會有（或能有）這樣精彩的建築。

「你說的……」終於台北人有一人發難：「會不會是樣品屋啊？」

眾人紛紛猛醒，附合。

因為他說的那地點台北人太常經過，而那裡哪會有什麼經典建築？樣品屋倒是很符合實際的合理推測。

「啥？」香港人口齒一頓：「什麼叫樣品屋？」

「就是真的要蓋房子起來賣時就會被拆掉的房子……」立刻有台北人解釋。

「而且將來蓋起來的房子的樣子也和樣品屋一點關係也沒有！」有人補充。

「那……」香港人彷彿終於想起充斥台北市再平庸俗氣不過的建築群：「那這不是一種欺騙？」

少天真了。台北人一定有人心中這麼想。

我則想起一位住台北市郊的朋友。他自蓋的房子竟然全是撿取拆除的樣品屋的建料。香港人失望極了。因為台北這麼尋常的一棟樣品屋。

我驚訝：這不是資本主義邏輯嗎？羊毛出在羊身上，香港人應該更熟悉才對？從他的表情，我才明白，西方除了資本主義之外，還有對藝術美感的堅持，對設計專業的尊重。那就是對「人」最基本的尊重。

但台灣社會在毫無反省地深情擁抱資本時，還無暇他顧，就一抱至今無法回過神來。

找狗

今年春天花蓮家裡的老狗春來死了。春天正也是十三年前牠來到家裡的時候，所以爸為牠取名「春來」。而正好這時媽的身體也明顯衰弱下去。一直有再為爸媽找隻狗的打算，卻被家中許多突然的改變給耽擱。

直到立冬，才又想起找狗的事。媽頭一個反對，說是老了養狗太麻煩。朋友則力勸不要買名犬，就土狗最好照顧，因為他養的紅貴賓才六歲多，赫然得了青光眼，治療了半年，現在已近失明，走路撞牆撞桌椅，他也陪著心痛。而在花蓮開民宿的朋友愛狗第一，在他經營的民宿草地上就一口氣養了八隻狗，他嚴肅地說：去流浪狗收容中心找，因為那些狗被送進去，如果兩個禮拜無人收養，就要被送進焚化爐裡安樂死。

「那就這樣吧！」我找了個無事的星期五下午搭上民宿朋友的車，直奔花蓮市流浪犬收容中心，埋在一片綠蔭深處的一條小路盡頭，鐵閘門後一座高爐爐火燒得正旺，顯然今天正是執行「安樂死」的日子。

一位黑面粗壯的工作人員為我們開了門，在表明是來找狗後，驗了證件填好記錄，便可進入辦公室後方一棟倉庫般挑高的飄著狗屎味的大房子，黑洞洞底水泥地，才沖洗過十分乾淨，黑色大型狗籠一幢幢有如市街般排開，人未到便一陣淒厲撕心，震破耳膜的犬吠迎面襲來，令我幾乎為之卻步，幸好朋友在身旁壯膽：「進去，沒關係！」

這才定神仔細一籠一籠看過去，狗有大有小，各樣品種，見人接近皆迅速簇擁過來，前腳搭著籠網狂搖尾巴高聲哀鳴；有的母狗躺在地上，身邊繞著一群甫出生的小狗，正安靜地餵奶；老犬則虛弱伏地，表情頹喪。也有完好的成犬，皮毛神態骨架看上去皆十分健康，甚至是知名犬種，不知為何會流落到這收容所來，木木然繞了兩圈，在眾狗騷動狂吠中只是忐忑不安，舉棋不定，朋友一旁點我：成犬固然比較容易照顧，但畢竟是要陪伴老人家的，從小養會比較有感情。而且公的容易亂跑出去，母的貼心，怕生小狗麻煩一歲後帶去結紮即可。

我一時間心亂如麻，也不知是由於這抉揀的艱難，還是這四周如排山倒海而來的乞憐哀求的眼光，教我六神無主。

「那就決定是幼犬囉?!」朋友熟練地替我拿定主意，工作人員便引領我們到一個較小的狗籠前，指著：「這些都是半歲以內的小狗，都斷奶了，可以從這裡面挑！」

我朝籠裡一望，一大群黑白黃花的初生小狗，皆像瘋了似的擠到面前來，眼珠溼潤，嚶嚶哀鳴，彷彿在呼叫著母親，這，我一時心慌極了：這教我如何能選？

朋友指著角落裡的一隻，土黃黑嘴，雙耳立豎，鼻頭濕潤，神態靜定，問我：就這隻好了？

我看一眼連忙點點頭，怕再稍有遲疑，便要心碎死在這狗籠前。

「是母的。」朋友確定後，我們便回到辦公室裡填寫文件，這段時間裡工作人員早已為小狗植好晶片，打完狂犬疫苗，用一只手提紙箱提來。

回程裡朋友見我長久沉默不語，也說：我最不喜歡到狗收容中心來，氣場好差啊你覺不覺得？這麼多狗死在那裡，冤魂一定很多。為什麼非得安樂死不可呢？流浪狗就結紮找個地方養起來就好啦，幹嘛一定要安樂死……。

而我無法接話，只是心頭被那無數隻水汪汪求救的眼睛所纏繞，一時還脫不了身。

這選擇何其艱難呵……。

繼而是從心底洶湧泛起的罪惡感：一邊是生，一邊是死，我有什麼資格決定牠們任何一隻的未來生死？沒有被我揀中的小狗會不會因此恨我？

想起小王子和狐狸的對話。是的，「馴養」讓那隻狐狸從此與眾不同，讓小王子從此每望向夜空，每一顆星星上都會有一朵生他氣的驕傲玫瑰，一座供他解渴的水井，和一隻他所豢養的狐狸。

不錯，我們都活在「關係」裡，不是嗎？凡人的「關係有限」，唯菩薩才能超越小我而普渡眾生，獻身宇宙關係網絡無窮無盡的大愛裡。

「你知道你是最幸運的一隻小狗嗎？」我從後座抱起牠，感覺到牠柔軟溫暖的身體信任地靠攏過來。牠輕輕嗅著我，舔了舔我的臉頰，一旁朋友樂極：會舔你表示跟你有緣，這隻狗以後會親近你⋯⋯。

或許，我才是最幸運的。

十一月寒冷的東北季風從南濱海岸直灌入花蓮市區裡，才黃昏已經有夜的冷冽，回到家我用毯子包裹住小狗，為牠整理春來留下的窩，心想：你是立冬這天來到家裡的，就叫你「冬冬」好了。

像小王子初見小狐狸，此刻我心裡盡是冬冬帶給我的無盡溫暖。

中年女子煉獄在台灣

早晨上班尖峰時間稍過的便利超商，麵包店，或早餐咖啡，經常可以看到一群群彷彿晨間運動剛結束的媽媽們，成群結黨，或盤據桌子，或櫃檯，或一角，大聲喧嘩，呼朋引伴，很引人側目。

由於此刻男人們都上班或上課去了，她們短暫成為某些空間的主人，很可以自在透露出內在某些本性，也讓我有機會仔細打量這群平時不太被看見的女人。

說她們是女人已有些勉強，彷彿上帝在讓她們完成繁衍後代的任務後，立刻收回所有吸引雄性的特質——如今她們頭髮乾燥，聲音粗嘎，皮鬆肉弛，目光混濁，不留神還以為她們是歐里桑，難怪有「男形老婦」這樣的形容。彷彿隨著小孩長大離家，「女人」也跟著離開她們的身體，如今她們更像中性人，變性人，陰陽人，男人。

或許困在家庭和子女的巢穴多年，和外界接觸有限，知識和心靈上的發展停滯，使中年後的她們下腹和頭腦同時進入空巢期——她們也不再費事強作女人嬌羞樣，大半輩子作女兒，女友，妻子和母親，夠了——如今她們舉止有些男人般大辣辣，說起話聲震屋瓦，作風豪爽直率，我竟然不時還聽到她們口開黃腔。

「咖啡喝拿鐵最好了，『奶奶』最多……」一位媽媽在我身邊面無表情地說。奶奶（ㄋㄟㄋㄟ）說的是台語，指的母乳。又反男性沙文，又帶些色情暗示當我們同在櫃台買咖啡。

我在一旁裝作沒聽懂，內心吃驚。

因為深深理解她們是多麼絕望的一群。在男女談情說愛的年齡她們或許被奉為女神，但有多少人明白整個婚姻制度的設計，原是要她們為下一代犧牲。

如今她們用盡了卵巢裡的卵，也蛻掉了「女人」這層皮，被時間打回非男非女的原形，然後被整座城市遺忘。

西方女性這方面的自覺早，努力在家庭和子女之外發展出獨立的自我，讓不同年齡展現不同的自信和美。而東方女性（包括台灣，很不幸）似乎只專心努力在外貌上維持永遠的18歲，取悅心理某個層面永遠長不大的，被女性寵壞的異性戀男人豬。

「每個人都需要做自己……。」我步出咖啡店時突然這麼感慨：看看同性戀伴侶，兩個人在一起唯一的理由，就是彼此相愛，沒有人能騙對方讓他為他生小孩，養小孩……

趕

早上八點半看門診，發現六點不到就已經坐在診間門口的榮民老北杯，不斷催促著護士要將他的號碼往前提——這麼早看完病之後要做什麼呢？又不是年輕人還趕上班？

我不禁這麼想：趕什麼？

去台中市區吃一家老字號的肉圓，菜才端上來，我的座位四週已經立滿在等位子的人。而店家也不管在眾目環伺下客人可能吃得有多麼食不知味，依舊讓新來的客人不斷湧入，各自禿鷹似地四處尋找空的坐位。生意已經這麼旺了，有差這麼一點時間？為何不能讓客人先在外面等？還是店家也明白最快「趕」走客人，增加翻桌率的方法，就是讓下一攤客人緊盯著上一攤？

走遍全世界，似乎只有華人地區的餐廳會讓客人站在餐桌旁等。連「吃飯皇帝大」都還可以這樣趕，那人生還有什麼不能趕？不趕？

我匆匆吞下肉圓一肚子不爽走出店家，恍然明白，原來「趕」，是我們的民族記憶，伴隨以往多苦難的流離，戰爭，天災人禍的記憶，化為一種不自覺的文化制約，總會在捷運或電梯門打開或任何一個眾人聚集的某一剎那間顯靈。

趕什麼？

趕著逃難，逃荒，逃離兵燹戰火。怕晚別人一步，就吃了大虧，就天人永隔，就一無所有，就天地變色。

原來是下意識裡有這罔罔的威脅的背景在。

真得是一個有長久苦難集體記憶的民族，才保留了這個「趕」。即使在今天早已經高度都會化的上海或台北，依舊如此。表面上大家乖乖排隊，意識底層裡爭先恐後。

記得有一年去墨西哥旅遊，大夥擠在同一家菸草店裡買雪茄。店員是一位豐胸偉臀的拉丁美女，以她留著美美長指甲的手慢條斯里地敲著計算機，一面含情脈脈的雙眸對著每個人微笑，彷彿連結帳這件事，她也必須時時保持如此風姿綽約，風情萬種。

而我們這群氣極敗壞的台灣人早已失去耐性，等著付帳的隊伍裡有人大叫：這在台灣十分鐘內就結完了，她已經算了快一個半小時……

她像雨刷似的長睫毛翕動著，一吐舌：對不起，又算錯了，重來……

她快樂地又重新按著計算機，一副身在天堂的模樣。

而趕著要前往下個行程的我們，活像在地獄。

原來，我們是各自攜帶著自我地獄的民族，終其一生不斷趕著，包括趕著進入棺材。

撈一筆大的

最近看著吵吵鬧鬧的電視晚間新聞，每晚必定出現的老是那幾個學生抗議者，永遠義正辭嚴且咄咄逼人。雖是新面孔那腔調看著總覺幾分眼熟，那肢體，那用辭，那姿勢，大約在台灣這「抗議之島」生活了半世紀的人眼都看得出來，從反都更反核電到反多元成家到反服貿，抗議者當初無論多「體制外」，多少年看下來，終究也顯得多少有些「體制內」了吧?!

身邊已經有不少人在抱怨，景氣那樣差，大人們為三餐糊口終日奔波不得喘息，這些學生們（誰家的小孩）憑什麼不上課，只需對著鏡頭侃侃而談，作作姿態，時而正氣凜然，時而聲淚俱下，什麼事也不用做就有吃有喝，還有電影可以看？——試問這麼多人從礦泉水到三餐便當都誰在買單？昨天不是有人才在抗議油電雙漲，豬肉變貴嗎？究竟誰的錢有這麼好賺？

自稱已經從政壇「退休」的A君才三十啷噹歲，看著電視卻語重心長地說：如果算電視廣告，這些人在新聞出現的時間論秒計，費用大約已經超過好幾億。這是多麼划算的生意！

「抗議歸抗議，」A君說：「明眼人一看，就知道是這些快卅歲還在唸大學的『學生』們，正在為將來政治生涯鋪路。」

毛澤東曾說革命不是請客吃飯。這在上世紀的中國，或是現今地球上的其他國家，還真的有人在拋頭顱灑熱血的地方，這是個顛撲不破的真理，但在台灣，要「革命」，就是要請客吃飯，而且是大大地請。「歷史上有人革命還要人端茶送水的嗎？」A君搖搖頭說：「革命可以絕食偷吃麵，卻不可以當人面喊肚子餓。」

A君算是我詩壇晚輩，雖然之前從沒聽過他的名字，他卻只因為在南部就讀高中時代寫過幾首頗為激進，卻切合某些政治人物特殊口味的詩，才剛入大學，便有幾個「吳××文學獎」接連頒給了他。

「天曉得我這輩子從沒有主動投過任何文學獎，」A君雙手一攤：「所有的獎全都是從天上掉下來的。」

而和獎同時掉在他頭上的，還有一筆筆數目不小的獎金，和「詩人」的光環，和一些他一開始還無從理解的廣大「人脈」。試問能有幾個年輕人此刻能不覺得醺醺然？

大二的他敏感地從外文轉系到政治法律。「要從政不就得讀個這類的系所才名正言順？」因為上了大三已經有人為他印了名片，頭銜是某某立法委員辦公室的特助，還正式領了薪水。

才大學剛畢業，他已經見識到「政治」有多麼好油水，有這麼多年紀大他那麼多的人喊他先生，左鞠躬右哈腰，千拜託萬嗑頭：「拜託委員那個法案……」，「委員拜託這個會期……」。

不到卅，A君已經在台北市郊買了房子。只是區區一個立法委員的助理。

然後一年突然他的「委員」不再是委員，同樣他也不再是特助。幾年「政治生涯」驟然結束，留下的是房子的貸款，和他「原來自己並無一技之長」的自覺。

頓失收入的他揹著房貸，反過來向之前認識的「人脈」「左鞠躬右哈腰」，「千拜託萬嗑頭」，喊所有人先生。但並沒有因此換來一個正式固定有收入的工作。

很久以後他才明白即使下回大選他的黨選贏，他的好日子也永遠不會回來了。誠如安迪華荷所說，這時代每個人都可以成名五分鐘。可他沒想到他的五分鐘這麼快就被用完了，而且是在卅歲之前。

「你看過羅賓．威廉斯主演的『選戰風雲』嗎？」A君有一次問我，我搜索枯腸，由於是多年前的片子了，只能勉強不確定：彷彿是在長途飛機上看過。

「他在片中有一句名言很適用：政客有如尿片，應該要時時更換。」A君回頭又看了電視晚間新聞一眼，面無表情地說：「這些人最好趁下一坨屎還沒拉到自己身上，撈到一筆夠大的。」

非人三則

一、滷包

在朋友經營的咖啡店裡用餐時遇見一隻「店貓」。名叫滷包。一隻貓卻取了狗的名字，顧名思義，是一隻性格頗為大辣辣，並意外地與人親近的貓。經常在眾人的腳邊磨蹭而過。

大家邊吃魚邊討論滷包。直到整條魚幾乎被肢解殆盡，一旁滷包才發現我們人類正在大啖牠的美食。立刻激動起來要跳上桌，主人大笑著一把抱起滷包，其他人趕緊收拾殘局，不留下一點證據。

有人開始抱怨現在的貓不抓老鼠。

有人睜大眼反駁：你沒有見過貓玩老鼠？

是的。沒有。大部分人沒有。

「貓抓到老鼠之後並不馬上吃掉，會在你面前玩給你看，好像一種炫耀；待老鼠被玩死了再肢解……」有人表情嚴肅。

老鼠可以肢解成地板上一大片屍骸。

「但真正吃下肚的時候，從來不讓人看見……」有人補充。

另一個人接著說：「但我聽過貓在櫥櫃底下吃老鼠，會刻意咬出聲音來，停歇一陣，再咬出聲音，類似啃骨頭的聲響……，當然是故意的，這也是一種炫耀。」

大家聽得胃中一陣翻攪。

而滷包躺在主人懷中，肚皮朝天，一臉無辜樣。

主人放他下來，他也沒事一樣另尋打盹的地點去了。

「我們滷包不一樣的啦，」主人表情複雜：他是一隻高貴又好心腸的貓。

大家共同望著滷包肥胖的身影離去，我好不容易嚥下腦中那個貓吃掉主人屍體的故事，不禁這樣暗自希望：

將來貓也能進化出一點狗的性格來。

二、人揹豬

群組裡有人發來一段令人困惑的影片。

背景大約是中國大陸南方的山區，有一位原住民模樣的黑衣男子，正百般嚐試，將一隻約和人等身大小的豬，揹下山去。而豬也毫無任何抵抗，沒有半點掙扎地任由主人抓著蹄子又蹲又扛，變換著各種方式。

從小聽說就算沒吃過豬肉，也該見過豬走路。但還真的還沒見過人揹著豬走路。那是一隻方頭大耳，被飼養得頗為肥壯的黑毛豬，我幾乎可以確定，當他的主人百般嚐試要將他揹起來時，鏡頭前他眼睛瞇成一縫的肥臉，是帶著一抹貨真價實的微笑的。

我為這看似荒謬的愚行困惑不已，回問組友：那人揹豬下山幹嘛？

吃呀。對方簡單回答。

當然。當然是要吃他——我猛然醒悟過來。當然。

而豬是永遠無知於人生的下一步的生物。

因此人類援引動物做比方時，往往離不開豬。佛教大師們最喜歡拿豬和牛來解釋因果業力。牛將被送去屠宰時，會流淚，但不知脫逃。

而豬剛好相反，一有任何脫逃人類掌控的機會便狂奔亂竄，但至死不知自己將被屠宰。

邱吉爾曾說：狗討好人，貓輕蔑人，只有豬平等地對待人。

想到這裡，不禁為豬抱屈：同樣矇昧於未知命運，人類是不是應該對豬，多一點好感？

三、一隻站著睡覺的狗

「你沒有見過會站著睡覺的狗？」士官長問。

隔著距離當兵這麼多年，我仍然記得那張臉。如此清晰。

老實說，那不是一張難看的，惡人的臉孔。不認得的人乍看他，大多還認為那臉還算端正，忠實。並不嬉皮笑臉。或帶著邪氣。

「狗會學會站著睡覺，不是沒有原因的……」他深吸一口煙，又重重吐出。

那年他輪調部隊伙房，廚房的管理單純，大部分時間他沒事，成天和採買蹲踞鍋爐一角聊天打屁，抽菸打牌，甚至小酌幾杯。

但那天他記得他是份外清醒的。他半滴酒精也沒有沾。

那天他只是盯看著那群常來營區裡流連覓食的野狗，而且特別盯上了其中的一隻。

「我只覺得其中有一隻狗特別礙眼，古怪，琢磨了半天，終於被我發現了原因，」他雙眼突然發亮起來。

原來是那隻狗的尾巴特別長。

於是他夥同採買，從廚房抄來了一把長刀，藏在身後，從鍋裡拿些食物，誘來了那隻狗，趁他低頭大嚼的時候，採買一把將狗的頭牢牢按在地上，而他——他還伸手在狗尾巴上先量好了一個他自認為的適當長度——才舉起大刀劈砍而下，一下剁掉了他認為是多餘的尾巴。

狗登時大叫一聲，奮力掙脫了兩人的壓制，拖著地上一條長長的血跡，剎時逃得不見蹤影。

他和採買兩人在營區裡搜尋了半天，都沒有發現那隻狗，以為是從此嚇著了不敢再踏入營區，當然也有可能掛了，死在某處也未可知。誰知幾天之後，小兵在整理補給品時，赫然在倉庫一角發現了那隻狗。

「尾巴的傷口已經好了，但躺著時尾巴的切口會碰到地面，應該還是會痛，所以那隻狗倒也聰明，在倉庫裡找到了一隻立著的長統軍靴，就把頭擱在統子上，居然也可以站著睡覺……」

他看似輕鬆地一口氣講完了這個故事。

表情並沒有特別得意或如釋重負的感覺。只是認認真真地講完，並確定我都聽到了，並同意這世界上真的存在著一隻能站著睡覺的狗。

我完全相信他說的話。真的有這樣一隻後來便都一直站著睡覺的狗。

一如這麼多年來，我始終記得說著這故事的那張臉。

那真的，真的不是一張惡人的臉。

二〇一七年三月二十九日

第三篇

同志

愛的同義辭

最怕翻字典的結果是，又多了幾個單字待查。永無止境的彼此解釋下去。最後可能是個長長迴圈，彼此互相解釋定義。

愛情，是理解，同情，尊重，吸引和激情。

是包容，學習，信任，忍受和默契。

是沒有早一步也沒有晚一步，是短暫的永恆，是永恆的當下，是有緣又有份，是恰巧註定，是意外天成，是寧靜的瘋狂，可又是瘋狂的，寧靜。

是在對的時間，遇見對的人。

可是，把以上所有的「是」加起來，也不等於「愛情」。

充其量只等於愛情的同義辭。

而不是愛。

但是，我，和絕大多數的人類類似，只能，只配，擁有同義辭。

愛，的同義辭。

我們以愛的無從分辨的贗品，自以為如假包換地愛著。

二〇一七年四月十日，in Taipei

叫那個同志來認錯

他們三人聚餐之後的那個晚上，永凱家不到兩歲的寶貝開始上吐下瀉。

永凱他，老婆，以及同志朋友A。寶貝則坐一旁吃他的果泥稀飯。

他和老婆兩人抱著寶貝連夜掛急診，因為嚴重脫水，在急診吊點滴，到天亮仍然沒有好轉的跡象，醫生要他們住院。

老婆惜女心切，先一口便答應了。

他暗中叫苦，先開車衝回家料理雜務，取了換洗衣物奶瓶食物，又打電話向學校請假，又交代一些辦公室的事，再回醫院，只見病房裡老婆氣嘟嘟地抱著寶貝，見他劈頭就罵：都是那個死 gay A，把病毒傳給了寶貝……

「妳在胡說什麼，寶貝是感染輪狀病毒，醫生不是說過了嗎，這種腸胃炎在小孩子很常見，哪個家裡小孩子不曾發燒拉肚子……」

一定是他，你是在哪裡認識A的……

「我和A是那麼久的朋友了，我畢業第一家公司的同事到現在……，我認識他比認識妳還久，」

你為什麼會跟他這麼好，你們倆該不會有什麼曖昧關係吧……

「妳是不是瘋了，我是你老公耶……」

一定是他把病毒傳染給寶貝的，同志會傳染愛滋病你不知道嗎？他喝過的水杯你碰過？

「妳是不是昨晚沒睡腦袋不清了？A已經是這麼多年的朋友……」

不管，我們家寶貝會這樣一定是他害的，你叫他來醫院來跟寶貝道歉……

「虧妳還是學護理的，這種無理取鬧的話妳也講得出來……」

我不管，寶貝一定是他害的，你是寶貝的爸爸耶，倒底你站在哪一邊……，你今天不叫他來道歉，我跟你從此沒完沒了！

他搭電梯下到醫院一樓大廳，途中撥了手機給A，拜託他來醫院一趟。

「寶貝怎麼了？輪狀病毒腸胃炎？」A在電話那頭關切地問：「最近正在大流行，我表弟家幾個小孩都已經得過了……」

他掛了電話，正盤算著到時如何向A開口。

為什麼不是奶瓶沒消毒好？為什麼不是父母自己傳給小孩？

醫生不是說大人已經有免疫力了，所以父母身上有病毒自己也不知道。

況且剛剛餐廳裡那麼多人，為什麼不是服務生傳染給寶貝？為什麼不是餐廳老闆？不是隔壁桌的客人？為什麼老婆一口咬定就是Ａ？

才不過是一起吃頓晚飯而已……

有人就是先天討厭同志吧——像討厭蟑螂，老鼠，蛇蠍一樣……

「好吧，我現在就來看看你們家寶貝……」Ａ在手機那頭充滿關切的語氣，令永凱不忍，可他又說不出口，這一切只是老婆懷疑他把輪狀病毒傳給小孩。

當他在醫院大廳等Ａ來，看見入口處櫃台旁一落又一落的衛教資料，就隨手取了一張，一看正好是談輪狀病毒腸胃炎，他再定睛一讀：

輪狀病毒腸胃炎，潛伏期：兩至三天……

他一時怔了。

因為寶貝上吐下瀉距離和Ａ聚餐，不到兩小時。

二〇一六年十二月九日，in Taipei

白象記

到達仰光的第二天，好友 Jay 就拉著我說要去看白象。

白象嗎？不就是象的「白子」，有什麼好看？

三月的仰光陽光明麗燦爛而不躁熱，但空氣中永遠飄著淡淡的一抹煙塵，馬路上各式各樣的交通工具來來往往，四處塵土飛揚，我帶來的兩部相機，很快一部因此而快門出了問題。

在對我而言仰光處處新鮮，Jay 卻是這裡土生土長的華裔，只是為了陪我，兩人整天搭計程車在各景點之間跑來跑去。可怪 Jay 總屢屢提起要帶我去看白象，而我也一口答應，不管必須穿過整個仰光市區。

可能我和 Jay 都是虔誠的佛教徒，都聽說過佛陀母親在生下佛陀前夢見白象的傳說。白象在佛教國家（尤其是南傳）一直都是神聖純潔的象徵，又被國王視為威權和財富的標誌，緬甸歷代君王皆供養白象。

結果計程車在一處高牆圍起的建築前停下，兩扇巨大的裝飾著美麗花紋的鐵門外，有軍人守衛站崗——這裡，就是皇家的白象園？

可是可能來到的時間不對，或是白象園本就不允許入內就近參觀——這點 Jay 並未對我充分說明——結果我們兩人下了車就只站在鐵門外，從欄杆之間的縫隙往裡望。

象養在近百公尺外一處漆成深綠色的亭子裡。約有三隻以上，皆是成象，身形巨大，但不知為什麼乍看之下有些失望，因為皮膚並沒有想像中的白，而是灰白中透著些許粉紅，並夾雜著些斑點。而且可能因為這皮膚淡色的背景，皮膚上的根根毛髮愈發明顯，看上去反而有種皮膚病的不潔淨感。

而且畢竟只是野獸，隻隻皆養尊處優地或大啖料草，或閒逛閒晃，並未展現一絲聖獸的威嚴和尊貴。

然後我和 Jay 幾乎同時叫出聲來——因為我們同時看見了那在白象胯間擺盪著的蛇一般的巨大陽具。

和軀幹同樣是淡淡的粉紅色，怕有好幾呎長，像條白蟒似地掛在兩隻後腿之間，而且每一隻皆是如此——是正值發情季節？還是人工豢養的日子過得太好，營養過剩？

總之一群這樣大咧咧展示著自身巨型陽具的白象，無論如何是無法和神聖或純潔產生任何聯想的，我和 Jay 當下面面相覷，只是萬分尷尬。

尤其是 Jay。

「你有幾年沒有來看過牠們了？」我笑問。

「我記得以前牠們不會這樣呀……」Jay 一臉茫然疑惑。

我們又走過了三個街口，才找到計程車，趕赴下個景點。

二〇一六年八月三十日

誰來守護人性？

在看電影「遲來的守護者」（Philomena）時，腦中不時閃過幾部老電影的影子。同是真人真事，同是尋親的主題，一九八二年由兩大演技派演員傑克李蒙和西西史派克主演的「失蹤」（Missing, 1982）似乎格局更大些，影片藉由尋找因採訪中南美洲某國軍事政變而「神秘失蹤」的記者，一路大揭美國介入他國政局因而導致恐怖血腥屠殺的瘡疤，片中若干類似紀錄片的片段極具震撼力，而結局暗示這位鍥而不捨的美國記者其實正死於美國中情局之手（或在其默許之下），更添故事荒謬性與悲愴感。

而「遲」所揭露的，卻是教會的非人性。故事採取剝洋蔥式的漸進手法，巧妙地將真相一層又一層分段揭露，層與層之間，便是演員在人性與情緒轉折當下大好發揮演技的時刻。原本以為修道院將收容的未婚懷孕少女的孩子出售換取暴利，已是最大的罪惡，誰知故事揭露的最終真相，新的罪行遠遠超過販嬰醜聞和湮滅罪證的層次，而已達道德上「人性的恐怖」的境地。

劇終當年主導賣嬰的老修女院長面對責難猶振振有辭，她一生經由「自我否定」和「壓抑性慾」來事奉神，進而養成變態的自大心理，使她論斷並合理化這一切罪行，更以「淫慾理當懲罰」的神奇理由試圖為自己辯解脫罪，背後的制度性的扭曲人性令人髮指。

回顧西方戲劇歷史，質疑教會並揭露教會黑幕的作品所在多有，大概教會從中世紀以來，一路迫害異端，鼓動戰爭，販賣贖罪券，追獵女巫以至全面壟斷知識和神人交通，罪行昭彰，故事題材實在多到不勝枚舉，而西方文化自我反省的深刻，也遠非亞洲等地習於被基督教文明殖民的人們所能理解想像。同是真人傳記搬上銀幕的「修女傳」（The non's story, 1958），奧黛莉赫本飾演的修女路克可以拋棄一切親情愛情走入修道院，卻無法對教會「絕對服從」背後的人性黑暗沒有一絲一毫的「懷疑」，終於還是過不了自己這一關，而選擇了還俗。而梅莉史翠普和剛去世的影帝菲利普．西摩．霍夫曼的世紀對手好戲——一位修女校長在毫無證據的狀況下，僅憑「懷疑」教區神父性侵黑人幼童，便立即上演一齣血淋淋的權力鬥爭戲碼——片名英文就叫「Doubt」（懷疑，二〇〇八）。

有「懷疑」之處，信仰便已死亡，而神只有遠離。

而集教會黑幕電影之大成的顛峰作品，莫過於〇〇七演員史恩康納萊主演的「玫瑰的名字」（The name of the rose, 1986），由義大利符號學家與小說家翁貝爾托．埃可的同名小說改編。故事描述一個發生在義大利中世紀修道院的神秘連續殺人故事。方濟會士威廉與弟子受修道院長的委託調查這一連串命案，卻發現所有證據都直指一本禁書（每位死者都曾看過這本書）——失傳的亞里斯多德所著《詩學》第二卷。《詩學》第一卷討論悲劇，而這虛構的第二卷則是討論喜劇。喜劇讓人發笑，這與當時保守的基督教思想牴觸——因為如果歡樂勝過苦難，那人類就再也不需要宗教信仰。而這點讓當時掌握知識的修士們寢食難安，因而痛下毒手。

誠如「遲」片中的記者男主角（兼編劇）所問：如果是上帝創造了人類的慾望，為何又要人壓抑它？人性的提昇與圓滿可以經由對人自身的否定與壓制來達成？無怪乎自詡「不相信上帝」的他最後也禁不住斥責修道院那群神父修女「無基督精神！」（No Christianity!）

影片中教堂裡遍尋不到神，但在茱蒂丹契所扮演的母親角色裡，卻充斥著神性的溫暖光輝。如她在得知兒子性傾向時的會心一笑，如她在最終真相揭露後選擇了原諒。這位被迫母子分隔五十年，又被教會鄙視為「淫女」的平凡母親，其堅持真相與原諒的勇氣，不正就是神性的道成肉身的光芒示現嗎？

也許這位平凡母親在今日台灣，當右派教會指著同志族群是巫術的網羅時，她能絲毫不動怒地告訴他們：我選擇了原諒，以及告訴人們人性的真相。

比起遙不可及的神，平凡的我們更需要的，其實是這樣的人性守護者，不是嗎？

二〇一四年二月十八日

遙想愛滋當年
——致 Allen

轉眼之間摯友 Allen 已經離開人間快廿年了。

陽明大學醫學系第一屆畢業的他，並不是我認識的第一個因愛滋而走的同志醫師朋友。但每當想到他，淚水總不聽使喚地浮現。

一九九六年，Allen 走在雞尾酒療法正式上市的那一年。

近廿年來，雖有新藥，但多數人們對愛滋近乎本能的嫌惡與恐懼依舊，「愛滋＝同志」的無理連結依然牢不可破——然而，據我觀察，卻有一個新的「愛滋無感族」在台灣年輕一代悄悄浮現。

正當愛滋由「世紀天譴」的魔咒裡走出，漸漸邁入「慢性病化」之際，某些年輕世代輕易跨越過往世代對愛滋的恐懼，而呈現「無感化」的怪異反應：「人要活那麼久幹嘛？」是出自我的一位年輕愛滋病人之口。

他在斷續接受雞尾酒療法後失蹤一陣（據他說是不能忍受藥物副作用及家人的嫌棄），

再出現已有腦部感染，回天乏術。

「激增！愛滋感染者每天六人確診」報紙上聳動的數據，顯示著台灣愛滋感染不斷增加及年輕化。「愛滋男師0號轉1號，性交百人，13人感染判十三年」、「有愛滋！同志情侶販毒手機狂約砲」諸如此類聳人聽聞的標題，則反映出台灣媒體一直以來都不當地將愛滋病與男同志做放大的連結，忽略了只要是不安全性行為、共用針頭等高危險行為，不管是男是女，喜歡男生還是喜歡女生，都有可能染上愛滋——與其激情過後整天處在不確定是否染上愛滋的忐忑中，不如過程中保護自己，也保護對方。不是嗎？

而日前收到一封令人啼笑皆非的伊媚兒，驚聳猶如恐怖電影的劇情：曼谷愛滋男將自己的「毒血」污染出口罐頭。引發一陣瘋狂轉寄，也足見大眾對愛滋的認識不足。我只淡淡回了寄信的朋友：這樣的罐頭不毒，可以吃，吃了也不會感染。

而這封居心可疑的伊媚兒除了使泰國經濟蒙受損失，更為「愛滋及同志之污名化」更添一例事證。

愛滋可以預防及治療，也不是同志的專利，就這兩個簡單的觀念，要建立有這麼難？可見「革命尚未成功，同志仍須努力」了。

兩個男人打籃球

或許這世界存在某些人，很難理解一個男人竟然會愛上另一個男人，這究竟是怎麼一回事。

但就男同志的觀點，這世界原來就存在著許多男人與男人專屬的雙人舞。捉對廝殺的摔角，拳擊，羽毛球，比腕力，籃球單挑。

這些運動如果再朝非競賽的邊緣跨出一點點，就是男人與男人的愛了。管他什麼同志不同志。

他是被朋友莫名其妙拉去打社區籃球隊時，認識了阿毛的。

阿毛原住民，不高，球技一般，但肌肉骨骼發達，五官輪廓分明，也是被千里迢迢拉來打籃球隊的，住得離這體育館並不近。

他經常看見阿毛騎著重型機車來來去去。

而他，已婚，一個女兒讀小六，每週有幾天上晚班。經常白天沒事，於是就另外約了阿毛打籃球。

早上八時的籃球場空無一人，兩人脫個赤精大條換上球服，一對一單挑，打了近一個半小時，都累了，這當中又有不少近身接觸，肢體碰撞，汗水相互揮灑。男人身上油潤潤的費洛蒙交融一起，和熱燙燙的腎上腺素共同催化了什麼連他們自己也不明白的東西。

結束後在淋浴間各自沖洗乾淨，換上新的衣物，神清氣爽。

兩人揹著運動包包邊聊邊走出了體育館，朝不遠處街角的便利商店方向走去，但奇異地並未走進去。兩人只是繼續一路說話，然後突然就有了一致的走路的節奏。

從背後看，他們走路時脊椎和臀部的搖擺忽然起了共振，有了完全彼此呼應的氣息和角度。彷彿踏著只有彼此才聽得見的鼓聲，從生命原始的叢林裡咚咚傳來。兩人不覺連步伐和呼吸和心跳，大約連腦波也都同步了。

男男雙人舞。

彼此也沒有多問什麼，阿毛一路和他走回了他家，家中空無一人，老婆上班小孩上學，兩個打完籃球的男人鬆弛柔軟的身體碰了又碰。

他們都生平第一次，吻了男人。

二〇一五年十一月十八日

彩虹少年

前陣子為支持多元成家，突發奇想：為何不在門牌信箱上貼個彩虹標籤？但翻過幾個抽屜，從同志遊行拿到的幾張貼紙竟然全都用完了，只好自己動筆畫，再加上個「我們要結婚」的字樣。

一日無事的上午，我走到住家對面的站牌等公車，無意間赫然看見一個高中生模樣的男孩，身上穿著和我畫在信箱上的彩虹一模一樣的圖案的T恤，走到信箱前，站定，又轉身，徘徊了幾回，又走回來立在我家門口，彷彿在等人。大約站了有廿分鐘，直到我搭上公車。

在車上我想了一下，才醒悟：這男孩原來是在尋找世上另外一個同志罷？很可能也是他生命中的第一個？

原來，他在我家門口等我，想撞見我。

希望遇到同志，而我信箱上的彩虹標籤卻是他唯一的線索。

我想起大學時代初初踏入這個圈子的陳年往事，在那沒有網路資訊不發達的年代，也曾如此絕望而迫切地想要在地球上找到一個同伴，一個可以傾訴，或者可以慰藉，或者可以愛上的人……

突然意識到眼眶有淚。

二〇一五年十月九日

第四篇

菩薩

求過菩薩

求過菩薩之後，心情鬆開了不少。身體微微疲累，腿瘦腳麻——畢竟，人不是經常處於「求」的狀態。能不求當然好，能做到無求境界更高。

可是我只是云云眾生。我和大家一樣一起站在菩薩面前求。

突然想到自己有何資格求？既不比別人修得好，也不比旁人福報多。

但大家一般無賴，我求菩薩您就得應。我不管不管您就是得答應。

待法事結束的罄一敲，同在菩薩面前求的人群，剎時一哄而散。

我的肩膀，包包，不斷被擦撞向不同的方向。

走出廟門，生活急促的節奏反撲回來，有人搶紅燈過馬路，有人一邊唸：「阿彌陀佛」加「感恩感恩」，一邊用手撥開你搶在前面。

我走向地鐵，忽然一股現實的疲倦感襲來。

回到中立。心平氣和。做出正確決定——

如果，此刻，菩薩正把人生的決定權交在你手裡？

二〇一六年三月二十九日

菩薩會懲罰你?!

彷彿才一覺醒來，身邊全都是「學佛」之人。不由得人驚出一身冷汗。

又彷彿夢中，有人離去之前，回頭丟下一句：菩薩會懲罰你的！

更是叫人冷汗直流。宗教不是安慰人心嗎？菩薩不是在施無畏嗎？

醒來尋思良久。

這句話出自一位佛教徒之口，裡頭更有文章。

意思可以有好幾層。

這話真正意思其實是，不必我來，菩薩自然會代替我處罰你。

為什麼要懲罰你，因為你對不起我。這裡還是有個我。大大的我。

可是翻遍佛經，只有菩薩慈悲渡人，似乎沒有「懲罰」人的記載。佛陀教導的核心在於無常無我，緣起性空，善惡自作自受，因果業力便是宇宙人世運行的鐵律，何時跑出一個類似舊約裡的「上帝」的菩薩，會生氣，震怒，懲罰？

佛教講的無我似乎高蹈其義，耶穌說原諒人七次不夠，七個七次還差不多。這就比較清楚了。

更深一層，除了警告，這句話更像是一句詛咒。

而學佛人士，何以口出如此「惡言」，而且還無端扯到了菩薩？

記得有人曾向他的上師投訴抱怨，別人如何如何，佛菩薩為什麼不教訓他，也不見因果來報應他，佛陀說的到底是不是真的，世上還有佛法嗎？

上師聽了，只淡淡地回答：學佛，只是用來要求自己的。

一語道破今日台灣學佛者，或親近宗教者的普遍心理癥結——不自覺的罪惡感。和恐懼。

不放過自己，當然也更不放過別人。

在宗教裡懺悔祈求神明放過自己，但，依然不放過別人。

依然希望菩薩會去懲罰那個不如我意的人，這個對不起我的人。這個那個。還是有一個大大的我。

「菩薩會懲罰你！」的背後心理，似乎和邪師作法降禍於人，相去並不遠。

而這句話卻絕對在今日佛教徒的日常用語頻率上，穩居前三名。

思之令人寒毛直豎。

而反過來說，一個宗教只是靠著鼓動信徒的罪惡感和恐懼，而存在而發展，那與邪教何異？

很令人遺憾的，今日的台灣的宗教實況，有多少信徒是心懷對人生或死亡的恐懼踏進廟門？多少信眾身上揹負對人世的歉疚和悔恨走入道場？而，宗教在他們生命扮演著什麼樣的角色？

口口聲聲放下，其實心裡一個也不放過。自己。別人。

尤其今日佛教「市場」如此龐大，三步一宮廟，十步一道場，姑且不論學的什麼佛，最起碼人人嘴裡都變得好像裝了一隻廣長舌，好有言語。

所謂：佛言佛語，佛里佛氣。竟成了台灣佛教徒一個特色?!

無怪乎網路上有人為文：才一覺醒來，「似乎」身邊人人都是佛教徒。不由得驚出一身冷汗：不是說是末法時期嚒？你看看佛法興盛成這樣？

除了「菩薩會懲罰你」，最普遍掛在佛教徒嘴邊的，也是最好用的，是「感恩」。

人潮擁擠要旁人讓路是感恩，電梯人滿硬要擠進來，也還是感恩。

日本佛師曾出書直指現代人普遍患了一個病，叫：「感恩病」。嘴裡事事感激，人人處處感恩，謝天謝地謝自然，謝佛謝僧謝鬼神——但翻遍佛經，竟然看不到一句佛曾經如此教導，當然更沒有這一項「口口聲聲感恩法門」。

為什麼「感恩」？有事沒事都要感恩？說穿了，不過是我說感恩代表我修得好。背後其實是隱藏的我慢。（寫到這裡，不禁想到如果感恩之後再加上一句「阿彌陀佛」呢？「阿彌陀佛」毫無疑問是佛教徒用語第一名，兩者相加，那應該就更不得了，豈不保證：「我一定比你早生淨土」？背後依然是我慢。而且違反了菩薩的濟世精神。）

廿世紀最偉大的心理學家佛洛依德，很早便發現宗教和「精神官能症」有許多的相似之處。他甚至直言：廿世紀宗教是精神官能症者的宗教。讀宗薩仁波切寫的書，竟然也發現他對佛教廣為流傳的後果不持樂觀的態度，他說他不敢想像如果有一天，全世界人類皆成了佛教徒，會是什麼模樣，何等景象？

但可以肯定的，不會是個更好的世界。

而現在台灣，卻就有些「夢魘成真」的味道。因為「彷佛一覺醒來，身邊人人都是佛教徒」——人人智慧箴言朗朗上口，信手拈來機鋒處處，有如大師開示般圓融無礙：公車沒搭上是「錯失因緣」，考場失利是「逆增上緣」，受人欺負是「遇到冤親債主」，人謀不臧事業失敗是「前世因果」，佔到了別人的便宜，卻是「活該他上輩子欠我的」。

大難不死是「神佛保佑」，有人死在你旁邊卻是「因果前定，絲毫不爽」；滿心雜念是「煩惱即菩提」，毫無精進是「業障現前」，喜好吃喝放縱口慾卻是「酒肉穿腸過，佛在心中坐」；別人道場興盛是「末法時期，邪師說法」，自己道場沒落則是「正法不興，眾生愚癡」，法師身體不好，得了癌症更是「大慈大悲，揹了我太多業障」——真叫人懷疑，這時代還真的需要佛的教導嗎？

簡直個個都是舌頭燒不爛的大菩薩了。

同時還有圍繞著「佛教／印度教／新時代」大概念的，不說宗教信仰的諸多「類身心靈」課程，僻靜工作坊。老師們高度競爭，網路上處處招生：奧修靜心，靈氣療癒，密教修持，拙火明點，內觀禪定，瑜珈氣功，合一賽斯，轉世古魯，回溯淨心，靈魂密碼，花精花語，外加催眠治療，前世今生。簡直是眼花撩亂，應有盡有，不但任君挑選，而且還包君滿意。

單單看出版市場被放在「身心靈／宗教／新時代／勵志心理」的書，有多紅火暢旺，琳琅滿目，就知道這是門多好的生意——光書就已火成這樣，遑論「開道場、聚信眾」了?!——更叫人不禁懷疑，所謂修行，是不是就有如修理水管或做一道沙拉這麼簡單，買本書步驟一步驟二，看看照作就會?現在書出版不都強調有SOP嗎?有know how才是王道！

而在鬼神仙佛密度如此之高的台灣，理應靈恩普照，福德滿溢，人心平和，風調雨順，靈山聖水處處，福地洞天遍地？而事實呢？

有信徒在廚房裡不小心殺死了一隻蟑螂，便要向諸佛菩薩懺悔個老半天，而出門開車和對方小擦撞，卻可以和對方三年五載上法庭纏訟，非告死對方取得鉅額賠償不可，半點虧不吃。

另一個例子是騎腳踏車互撞跌倒擦傷，淺淺皮肉傷，索賠也很乾脆，卅萬將近是人家近一年的薪水。一旦牽扯到錢，什麼慈悲喜捨，就只是個屁！

還有常年吃素的，只要是遇見非我族類，便遮口摒息，滿臉嫌惡：「你們吃肉的人，身上都有一股臭味！你們自己難道都聞不到？動物屍體臨死前的痛苦怨恨會分泌出許多毒素，這些都被你吃進肚子裡了，你知道嗎？你不生病才怪！」同時是一臉我上天堂你活該下地獄的正氣凜然。吃素吃成了意識型態，而意識型態者的特色是：永遠都要搬給你一套理論。

這，是佛教徒吃素的初衷？

更何況原始佛教徒（包括佛陀本人）根本也不吃素。

而個個道場通常還個個有他獨特的「道場文化」，有些還真令人傻眼，比布施，比功德，比誰對上師比較好，比上師對誰比較好，對誰比較偏心，佛門清淨地，卻在上演後宮甄環傳。

道場號稱道場，但卻凡人所在必有的貪嗔痴，一點也不比其他團體多讓，甚至猶有過之。

菩薩會因為打死一隻蟑螂而懲罰你？我沒有辦法回答，但因為貪嗔痴，心會將人生帶往真實無比的地獄痛苦之火，這卻是千真萬確，無庸置疑。

而這點，要不是我身邊有這麼多身陷地獄的佛教徒，我還真的不知道。

二〇一六年十二月二十五日，台北

社群網站

記得幾年前某位文化界大佬來看病，看完有點時間聊天，提及現下的年輕人種種，他說著說著竟情緒激動起來，搖頭大罵：「現在小確信的年輕人生平最大的志業，就是經營他的臉書！」

究竟社群網站有何魅力，讓人可以當作「生平最大志業」？日本著名禪師小池龍之介在他的著作裡，以佛法的觀點做了有趣的分析。

且不論以此為賺錢手段，經營社群網站的原始動力，在他眼中基本上是「我慢」，心態上則是「無慚」。

「我慢」是要「獲取別人認同我」。且要愈多人認同愈好——因為貪原是這個「我慢」的根源和助緣，因此有許多人養成時時留意按「讚」的數字或留言有幾則的癮頭，心情也隨之起伏上下。由於這「慢」有愈餵養愈發壯大的特質，到後來即使只是貼上幾句無聊的話語，無厘頭的搞笑，毫無特色的相片，甚至無謂的不曾求証的網路謠言，也都希望立即博得讚美認同，成為「貪」的可笑俘虜。十善業中的「不綺語」——即不要說些無內容或無關緊要的話——原本便是要克制人性中「我慢」的膨脹，以及因此衍生的苦。

因此在自己的網頁只貼出實際有用負責的內容，是現代佛教徒應守的本份——因為今日社群網站恰恰已經成為「自我」展現的最佳途徑，散播「綺語」最有效率的方式，而背離了原本網站設計用來聯絡與交友的初衷；人人在臉書盡情「展現」一個和現實生活其實並不相符的「自我」，其中有自戀，也充滿自我的投射或扭曲，加上可以匿名，藉由網路的虛幻性盡情發揮平日被壓抑的面向，甚至反彈為肆無忌憚地惡意攻擊，這些心態在佛法上就稱為「無慚」——亦即無所謂也無羞恥心的放縱行為。誠實的日記有助於反省與成長，公開供人閱覽的網誌卻往往只呈現對自己有利的一面，形同表演，對自己說謊。

這些，都是「無慚」。

如何正確的使用社群網站？以佛法的教導，小池的建議是：精簡確實的內容，並保持一定的距離。

因此如果你也和我一樣，無時無刻不手握手機，雙眼失神，瀏覽著大量無甚營養的內容，心裡關注按「讚」的數目，那你我就正如小池所說的：我們正在承受網路表面的「樂」下，真實的苦。

山前山後百花開

二〇〇八年社區羊蹄甲一連開了四次。潦潦草草地。從沒有見過那麼頹頭喪氣，潰不成軍的羊蹄甲。據我的「花開日記」，二〇〇九年的大事之一，便是家居附近的櫻花居然七月開了一陣子。看那鋪陳在鳳凰木下的滿簇粉紅，像一蓬熱騰騰的妖氣。

二〇一〇年在花蓮老家過春節，年初三騎腳踏車在一處昔日林業局貯木場改建的公園水池邊，發現整片盛大綻放的紫蓮花，覆滿整個池面。豔陽炙烈，曬得我週身發癢，躲到樹蔭下拍照，不能置信這是農曆臘月景象。

二〇一二年過完年去中正大學演講，照例拜訪校園著名的黃金風鈴木，卻發現花和莢同時掛在樹梢。「這已是今年第二次開花了，怪的是前一陣天氣驟冷又立刻回暖，居然又開了一次，」老師語重心長告訴我：「從沒有看過風鈴木花篋同在，今年嘉義怕有天災……」

我才笑他鐵口直斷，之後果然五月豪雨，下到嘉義縣首次封路。

而今年冬天感覺比往年冷一點，北美歐洲也傳來大風雪的訊息，春暖時節友人約上陽明山洗溫泉，山腰上竟然還能見到櫻花盛開。

「這山櫻會不會太晚謝了……」朋友說：「都快四月了……」

才驚覺溫泉旅館的花木，皆怪異地掛著幾朵花苞，首先山茶不知何時開了，不旺但懶懶還在，應時的杜鵑半開，但只是意思到了；還有秋天才飄香的桂花，竟然滿樹崢嶸，更不說花期長的扶桑芙蓉，加上提早降臨的炮仗花，還真令人眼花撩亂。

「這……」朋友不安地打趣：「真的是百花盛開了！」

懷著這不安到六月，往福建武夷一遊，卻發現一路青翠異常，原來是毛竹的新竹已成，滿山遍野的新鮮粉綠，想起台北家裡露台上的竹子，也正好長成這個模樣。

不知為什麼，這樣一想，心頭彷彿一塊石頭落地。

一絲不掛，掏空自己

天主教單國璽主教過世好一陣子了。記得數年前他來醫院演講，講題為「划向生命的深處」，引的是聖經「划到深處去，撒網捕魚吧！」日前於網路讀到他逝世前不久寫下的病中感言，舉自己三次當眾大小便失禁的經驗，讓他原本與一絲不掛地懸在十字架上垂死的耶穌有一段距離的問題，徹底得到解決。

有回他因兩天沒大便，吃了瀉藥半夜藥性發作，叫醒男看護攙扶去入廁。誰知剛踏進廁所糞便就撒在地板。當時男看護滿腹不高興，單主教形容：他將我弄髒的睡衣脫下，讓我赤裸坐在馬桶上，用水沖洗我兩腿上的糞便，如同大人訓斥小孩子一樣。「……每句話猶如利刃，將我九十年養成的自尊、維護的榮譽、頭銜、地位、權威、尊嚴等一層層地剝掉了。」

經歷三次類似經驗，單主教領悟：「……九旬病翁一生所累積的榮譽、頭銜、地位……等，對於牧靈、福傳……雖然有了不少助益，但是有時……讓他自滿……甚至成了他追求的目標。」

至此他原先的困惱迷惑竟解開了：「加入耶穌會將近七十年，每日祈禱……感覺和天主相當接近。但是和胸膛被長槍打開，「掏空自己」，赤身露體，一絲不掛地懸在十字上垂死的耶穌，卻有一段距離。我只能站在距離祂三個台階的地方，哀傷地觀望祂，卻無法上到山頂祂的十字架傍陪伴祂。」

原來平常於教堂看見十字架上的耶穌是經藝術手法美化的。當時耶穌應該全裸，渾身血痕，且「胸膛被長槍打開」——猶如在急診或病房可以遇見的那些慘不忍睹的人類身體……

讀到單主教由「划向生命的深處」走到「掏空自己，登峰聖山」，才了解這才是修道的「真相」，才是耶穌為人類「贖罪」的本懷……

藏地三則

一、「我的前世是西藏人」症候群

年輕時說不清楚身邊有多少人，自認為是前世活在西藏。而且言之鑿鑿，繪聲繪影。

尤其是去過西藏一趟旅遊之後。

而且上輩子還是喇嘛或是修行人之類的。

一直以為這只是往自己臉上貼金的虛榮感作祟，但，和這些人實地走訪西藏各廟宇，他們還真的可以淚流滿面，說是在蓮花生大士修行地他們有似曾相識感，dejavu 太真實，睡夢中又遇見度母，天空又看見空行母，又對大師加持過的天珠反應強烈。

但多年過去似乎誰也沒因此而改變什麼。

大家依舊庸庸碌碌照過日子。

如果再約去西藏旅遊，個個都推說年紀大，怕高山症——那當年呢？當年也有高山症不是嗎？

只怕當年的那些「反應」，也是高原缺氧的症候群之一？

果然，過了一定年紀，沒有人再提起他前世是西藏修行人了。

大家只是安安份份過日子。

二、兩人

山區天色暗得早。下午過四點，空氣已瀰漫著暗藍。

而前不著村後不接店的高原上，居然遠遠看著有兩個人影，並肩走著。

一位很明顯是個外來揹包客，再近些打量，是張年輕的西方面孔，身材魁梧但渾身髒，頭髮鬍鬚很久沒整理了，只有嘴和眼從茂密毛髮叢中露出來，骨碌碌發亮。

而另一個人影是位少女，著藏人服裝，安靜地走在男人身邊。

大山大水間兩人沉默地走著。

不久天空整個暗下來了，黑夜罩在無垠荒野上，兩人身影愈形微渺，彷彿愈靠愈近。

我窩在車上，當車子終於超越兩人，我突然分明感受到，他們在這天地大山大水之間，兩人就將要發生的事。

三、恨

車行在地形險惡的南藏公路上，已經超過八小時。一路顛簸，又缺氧，而還要多久才能達到旅店，卻連領隊也說不準。唯一的安慰是一路崇山峻嶺，奇岩怪石，冰雪菲菲，煙霞漫漫，真可謂鬼斧神工，天下無雙。

但一下車休息尿尿，盯睛一瞧，路旁一個大坑，滿滿的萬年不爛億年不朽的，方便麵的保麗龍碗，以及保特瓶。

隨風四處，這些垃圾正星星點點，佈滿在這美得令人摒息的大山大水之間。

二〇一七年四月十一日，in Taipei

拜佛，還是拜「三王」？

你身披著海青，口誦著佛經，手敲著木魚，默唸著心咒，一面擔心六根還不夠清淨，吃素尚吃得不夠澈底，法會灌頂總看得見你的身影，對佛像上師禮拜如搗蒜如驟雨，上師說一不敢道二，指東不敢向西，佈施放生從不落人後，印經齋僧總是搶第一，此外還造橋鋪路蓋學校，賑災濟貧養孤兒——這，你以為你就是在學佛修行了？

這，你以為自己就算是佛弟子了？

其實千年前梁武帝早就替我們問了。

達摩祖師爺也回答了。

這些毫無功德。

只要你心中還有個大大的「我」。而且通常還是個「唯物」的我。那麼修道之路永遠只在為「我」添薪加柴。

由於在醫院工作，經常感受到病人心中對「生存」這件事神經質地不安，不安到令人匪夷所思，無法理解的地步。舉例來說：通常一個開刀成功率如果是百分之九十，那「我」就絕對不容許自己落入那失敗的百分之十。一個病五年存活率是百分之十，那「我」一定「就會是」那百分之十。毫不允許有意外或閃失。不然就告。

但身為醫者不免疑惑：如果人人都這麼想，每個病人都是那活著的百分之十，那誰來當那倒霉的百分之九十？

藏傳佛教對於這樣的一個「我」，有個非常深刻的形容，叫做「唯物三王」。身王。語王。意王。

首先，我們對於我們生存的環境的安全，舒適，可預測性，和我們身體的健康，安適和快樂，有著無止境的偏執與苛求。我們的健保比起加拿大看個牙疼要三個月，優越不知凡幾，可是提起看病人人怨聲載道。

例如台灣島民隔不了多久便要被食品安全風暴給驚嚇一次——儘管有些看似古怪的添加物被我們吃下肚，但卻連個國際公認的安全標準含量卻都還沒有設定，我們已如驚弓之鳥。其效果只有在動物身上得到證實，便已經被妖魔化得有如世紀之毒。而有些雖然是毒，卻要一天吃好幾公噸才對身體產生毒性，但這個「我」卻顧不得這些，立刻寢食難安，人人自危，繪聲繪影，指證歷歷。

反正千錯萬錯，一定有個人錯。即使「我」只吃過幾兩而非幾噸，也覺得身受其害，渾身是毒。

聖經的條文可以拿來指責同性戀，墮胎，離婚，卻絲毫不記得聖經說過：吃進嘴裡的不能傷害人，從嘴裡說出來的才能。

而就醫學的觀點，「健康」從來就不能是個「目標」，而只是個「過程」和「狀態」，沒有任何一個客觀的數據或標準，可以拿來具體定義何謂「健康」。

然而人類「神經質」地創造了「健康」這個看似清晰，卻毫無實質內容的詞彙和神話，然後驢子追蘿蔔似地瘋狂追趕這個「目標」，企圖達成這個誰也摸不清楚的「健康」狀態——於是「健康神話」成為這醫藥生技發達時代的「我」的貪欲所鍾。人類花費在如何「達成健康」的心思，金錢，和努力，以及背後因無法達成而產生的恐懼擔憂，已經成為另一個無可扼抑的時代心理病態。

健康食品，直銷產業，醫藥新聞裡的種種被誇大的「醫學突破」，種種養生秘方，回春幹細胞等等等，都使「我」在這種對安樂舒適，安全可靠，又要完全可預測的身體／環境的追求裡，益發深陷無法自拔。

而這個神經質地想控制一切以達成身體及生活安適穩妥的「我」，就叫做「身王」。

往往一個人走進醫院，便也是「身王」大大顯靈的時刻。如果醫生或醫院「控制」不了我的身體或疾病，告！無論什麼病「我」一定要是那活下來的百分之十！

邱陽．創巴仁波切在他那本已成西方靈修經典的「突破修道上的唯物」（cutting through spiritual materialism）裡就提到，「身王」的野心就是想使自己獲得「完全的安全和享受」，並免除一切煩擾，所以執著於享樂和財產，害怕改變，或強求改變，企圖創造專屬自己的一個安樂窩或遊戲場。現代社會的組織嚴密和效率至上，原就是為了有效操縱自然來保護自己；這裡，富足安定的生活內容並非「身王」所關注，那種「想要控制一切和自然」的「神經質偏執」，才是「身王」運作的精髓。

這樣的精神偏執，你我都感覺很熟悉，不是嗎？因為我們就身處「身王」統治一切的時代！

而「語王」呢？語王包括各種思想體系，其運作的極致便是「意識型態」，使人生合理化，正當化，並神聖化；這當中可以有國家主義，存在主義，各種各類哲學和宗教思想，當然，也包括佛教——你是否打如意算盤要經由成為佛教徒，而讓你的生命饒富意義，充滿救贖，而且平安喜樂？但，如果佛或上師要你履行的菩薩道是要履塵沙，踏無明，血流遍三界，加上遭受世人無情咒罵打擊呢？

而關於自己身體種種的「意識型態」，最極致的莫過於確信人類身體可以而且應該，長存長壽，不病不痛，安樂安適安全。

相信經由科技，數據，和生物學，將身體「物化」為一架完全依循生化反應運作的大機器，其中的反應鏈被基因及環境因素所一一掌控。而現代醫學對此完全一目瞭然，充分利用。其中毫無神秘、不確定或威脅性。這「語王」神似「斷見」，當然也是極強而有力的外道邪見。

而「意王」大概是我們修行路上最大的破壞力了。因為所有修行的方法皆可以拿來增加「自我」之感覺。極有可能愈是修得好，愈是不想放棄自我。像病得愈重的人愈想抓住一線生機。最終一切修法都成了絕佳的個人收藏品，用以附加增益「自我」的存在感。

真的有淨土？

近代以來的中國，佛教廣為流佈的八萬四千法門，到後來似乎除了禪，就數淨土獨大，蔚成主流。

淨土究竟是怎樣一種「國土」？真的「存在」嗎？相對於娑婆世界，堪忍人間，淨土只是一個「成佛高階速成班」嗎？

又，大家其實更在意的，是我修了半天究竟進得了淨土嗎？我要怎麼做才能拿到淨土這修行高階班的入場券？

又班主任（佛菩薩）要求我得先俱備怎麼的「入學資格」？為什麼我聽到的各家說法好像有些不一樣：有的說不可以少善根福德因緣而進入淨土，又有的說只要簡單做到一心唸佛即可，似乎標準不一？

是各個淨土的班主任（佛菩薩）所要求的學生素質不同嗎？如果是這樣，以我自己的根器資質，先天後天，功德福報，最適合哪個淨土？

似乎衍生的疑問不少，有如「不讓子女輸在起跑點上」的憂心父母們，在為子女挑選「保證將來進台大」的幼稚園或補習班。

似乎世間人進不進得了淨土還八字沒個一撇，煩惱倒先又添了一樁。

記得去年父親往生前人還在加護病房，主治醫師早已告知人走是三、四天內的事，每夜從醫院探視回到家，所思所想，便不外乎是：父親走了之後將歸往何處？是淨土，善道，還是惡道，地獄？

身為子女，當然希望父親能夠往生極樂淨土，在佛菩薩身邊好好修行，免卻人間一切人事紛擾，以及修行道上諸多的煩惱障礙。

阿彌陀經誦了，也迴向給父親了。然後呢？

夜闌人靜，睡在父親的床上，只是異夢連連，睡不安眠。

一方面又不甘心一生助人為善的父親，這樣便走了，便又向菩薩祈求：可否讓父親在人間多活幾年？折我的壽來換也甘心？

而佛菩薩只是緘默未回應。

倒是海外的好友不斷 line 我安慰我，經常我手抱著 iPad，邊 line 邊聊邊流淚，一邊沉沉進入夢鄉。

當和朋友論及父親是否能夠往生淨土之時，朋友突然沒頭沒腦天外飛來一句：那如果現在佛菩薩憐憫你，給你兩個選擇，一是佛菩薩將父親立即帶往淨土，留在身邊修行；一是賜給父親陽壽，又在人間活了過來，你會選擇哪一樣？，

我沒有料到朋友會有此一問，乍聽之下難以抉擇，一時間只覺撕心裂肺，竟然大哭起來。

原來我們對人世的一切，有這麼深的眷戀和執著。

不到與至親生離死別的關鑑時刻，怎也難承認自己的俗慾堅牢，愛染纏縛。

不是嗎？佛陀當年的教示，似乎比今日佛法更強調厭離心，五根六識的收攝。再多再好再殊勝的法門，只要對人世仍然存在真實強烈的愛戀執著，就是無效，便都是枉然，不是嗎？

口口聲聲淨土好，也真實嚮往死後往生佛國淨土，但如果要你當下現在就走人呢？如果佛陀菩薩已經現示在你面前要接走你了，試問能夠丟下一切俗世事物，跟隨著佛菩薩往生西方的，又能有幾人？

都說學佛不就學個放下——如果這放下之前還有個但書，那又要到何時何地才能放下？是非要到諸事圓滿，子孫滿堂，個個事業有成，婚姻幸福，才能走？

只怕這樣就永遠也走不了，不想走。因為世事永遠也沒得「圓滿」，子孫永遠也「操心」不完——這，不正是佛陀當年揭示的「苦諦」？

因此淨土思想固然在中土取得了主流的位置，卻也有個道生和尚獨排眾議，主張「佛無淨土」。他說：「淨土行者，行致淨土，非造之也。造於土者，眾生類也」。「既云取彼，非自造之。謂若自造，則無所統。無有眾生，何所成就哉」。

劉貴傑教授對此解釋：所謂佛土即捨眾生所居之地外，別無其他境域，菩薩慈悲心切，極欲滅除眾生之穢惡，此即淨土之行。換言之，菩薩肯定眾生之穢土，且欲化眾生之穢土為佛境之淨土，而非於眾生之穢土外，另建菩薩之淨土。

他說：「所謂淨土乃指眾生實際生活中種種分別相而言，淨乃實際生活之光明無垢，而人生若無垢無穢，無執無著，自心清靜，絲毫無染，即為淨土。然此淨土乃由眾生心於日常生活之悟解而得，並非捨離平素生活之外，另有淨土之境。易言之，淨土之名，仍落於眾生之界域。」

也就是說，道生和尚主張淨土本然就在人間。心淨則國土淨。而非由佛菩薩另建造一個相對於人間「穢土」之淨土境域。

當然反對道生這樣說法的大師也大有人在。

然而我比較在意的，反而是面對淨土此一無比誘人的「高階佛法修行速成班」，早已習慣升學高度競爭的信眾是怎樣的心態？因為根據佛論，淨土本就眾多，其中又以西方彌陀淨土和兜率天彌勒淨土為信眾所熟知。於是問題來了，有人就有比較，究竟「哪個淨土比較好」猶如「哪家補習班升學率比較高」一般，經常成為爭議的焦點。為回答這個問題，還真有勞諸多高僧大德詳加比較解說，然而未有定論，兩者之間種種「優劣之處」，仍然是眾說紛紜，莫衷一是。

記得有一年邀請蓮花基金會的陳榮基董事長來為醫學院的學生們上課，他在課堂上說了一個發人深省的故事：

多年前有位得道高僧，率領一批僧眾和居士修行多年。

有一天他召集眾人宣告：「我自知死期將近，而且接獲佛菩薩昨晚在夢中示現，明天就要接引我前往西方極樂世界了。」

眾人一聽和尚這樣宣佈，無不激動萬分，悲欣交集，一面為上師能往生極樂淨土而慶幸祝賀，一面也為就要和上師分別而流淚悲傷。

和尚繼續宣布：「大家且先不必傷心，佛菩薩為了獎賞大家多年來跟隨我努力不懈地精進修持，特別要我轉告大家，所有願意往生極樂淨土的人，明天都可以跟我一起走。」

不料台下眾人一聽和尚如此宣布，竟然一時寂靜無聲，大夥兒低頭面面相覷，臉有難色，沒有一人自告奮勇。

是的，螻蟻尚且偷生，何況是人類？

淨土有沒有，佛國在何方，在庸庸碌碌，汲汲營營的世人眼中，或許並非那麼重要，因為那是死後才要去的地方。況且活著時修了也還不見得去得了。

然而如果一個人一心只寄望著未來的「修行高階班」，卻流連在人間貪嗔痴的習氣裡不思修行，那麼無論死後淨土存不存在，去不去得了，顯然他就只能活在「穢土」裡了。

二〇一六年五月十八日

「福報」的真相

許多佛教經典都曾經闡述了行善佈施與親近佛法等等的「好處」。但這些統稱為「福報」的項目裡，並不包括成佛。如果拿成佛當作葡萄酒，福報只是種下葡萄籽，而大多數人最終只吃得葡萄，或榨成的葡萄汁。

就近觀察眾多歐美先進國家，社會制度完善，福利普及待遇平等，正義公理普遍得以伸張，論「福報」不知超過佛教流佈的眾多地區或國家（包括台灣）不知凡幾，但大多數西方人並不曾聽聞過佛法。

試問：他們何德何能，「福報」如此之大？此「福報」又從何而來？——

然而根據佛典，歐美並非「人類世界」（簡稱人道）裡福報最大的地方。

經常在寺廟入口看見昂然立著護衛寺院的韋駝菩薩，頂上匾額題著「三州普渡」——是的，人道（指人類生存的世界，通常所指並不僅限於地球）有四大部州，為什麼韋駝菩薩獨漏了一州？

那韋駝菩薩照顧不到的地方，叫做北俱盧州。是一個人類福報大到「竟然沒有佛法」的地方。韋馱菩薩想渡也渡不到。

有趣的是，佛經裡曾經如科幻小說一般詳細描述了這個人道裡和地球很不一樣的地方。最大的不同之處是這裡的人類沒有「家」的概念。起碼是和目前人類以生物血緣所定義起來的「家」大大不同。

北俱盧州故名思義，在我們所處南瞻部州的北方。這個世界地面平滑如鏡，風雨調順，沒有任何天災人禍，人民手掌四指平整，長得一樣長，個個齊壽千歲（佛經裡描述齊壽的世界並不多，大約也必須有相當福報或佛力加持才能如此）。日常生活各項所需皆有一種稱為「樹」的物體，自動結出供應。

最有趣的，既然北俱盧州的人類從來沒有以血緣為基礎的家庭觀念，那人從何而來？如何養成？

答案是：野合。每個人皆如孔子一般從父母「野合」而來。

男女相遇若彼此有意，當下就可以在路邊做起來，而且男歡女愛，一做要整整七天。

男女交歡時路邊花木枝葉會自動圍攏過來遮蓋。

做完愛後花樹散開，雙方各自離去，沒有任何糾纏不清的情事。

當然女人也會因此懷孕，但只生下而不撫養。

生產後把胎兒隨手丟置於路邊，自然會有經過的路人收留養育。人人皆可從手指泌出乳汁餵食撿來的嬰兒。同樣人人長大後皆不知親生父母，人人皆被「棄養」後「領養」，人人的「家人」皆無血緣，而且單親。

由於人人皆「家世不明」，你也許會擔憂如此野合難免有近親相姦的顧慮。別擔心，當情投意合的兩人有近親關係時，路邊的樹木枝葉神奇地不會自動圍攏過來為其遮蓋，兩人便無法成其好事。

這人人皆有白吃的午餐又有享用不盡的「無需負責任」的性愛的世界，北俱盧州竟也是四大部洲中惟一沒有「地獄」存在的地方，人壽盡命終之後皆得升天。

這絕對是一個遠比目前地球人類世界更豐饒和平，文明進化的地方。但感覺幾乎是「理想狀態的社會主義加上些許嬉皮情調再加上科幻文明烏托邦」的綜合產物。佛經裡這一段像人類學調查報告又像科幻小說的篇章，令我尋思良久。

初讀佛經，對這些描述毫無感覺，當作是奇幻小說看，直到人過中年，看見自身或周遭人物生命深處來自童年家庭的影響和糾結，幾乎無有一人得以倖免，才明白這段佛經背後的深意。原來「家」，才是一個人一生最大的「冤親債主」！而人生最大的幸運或缺憾，或許就在於我們並不能選擇自己誕生的家庭或父母。

親情至高可貴，但「家」是什麼？「家」於我們人類是生物天性或是道德倫理發展的「必然」結果嗎？家的「實質組成」內容為何？又，必然是一成不變的嗎？在「家庭價值」被無限上綱的今日，北俱盧州成了一則超越了人類想像的寓言和神話。

而在舉世一片對家庭（而非對親情）的頌揚聲中，我讀過最激烈反對的說法，來自日本小說家太宰治。他說家庭是「封建」的根源。曾在一篇小說裡描述一位黃昏時急著下班「回家吃飯」的警察，拒絕了一位年輕女子的求助。第二天清晨他竟然在報上讀到這位女子投河自盡的消息；而在「櫻桃」這篇小說中，他甚至還說：「家庭幸福是萬惡之本」。固然有人會以為太宰治這過於偏頗的「無賴派」的看法偏激，但從心理學角度，成年人類種種的心理糾結，行為模式，精神創傷和情緒困擾，有大半來自童年（甚至青少年，乃至成年後）的「家庭」經驗，乃是不爭的事實。尤其是和父母的關係。童年時期種下的心念種子，日後於成年顯現為種種人生無可避免的挫折和困境，正符合佛教所謂「業力」的說法。佛法核心思想的「苦」諦，其實和種種和「家庭」纏繞不清的因緣執著，有很深的關係。特別在重視家庭倫理的中國文化裡。

然而從人類學角度，並非所有文化裡「家」都像今日世界一樣，奠基於血源。歷史上

「家」的內容與定義之多樣，遠超乎今日「原生家庭主義」者的想像。中國自古以來便有「易子而教」的習俗，有些原始部落兒童更是如人民公社般集中撫養；上個世紀的加拿大換妻已經合法，而今日台灣卻仍然保留了全世界極少數國家才有的令人髮指的落後法律：反通姦法。這都說明了不同社會對何謂「家庭」各有不同的定義和觀念，實踐和想像，差異之大，只說明了一件事：「家庭」一辭的內容，沒有放諸四海皆準的通則。

無怪北俱盧洲也是一個沒有佛法流傳的地方——佛陀的覺悟之旅原是從「離家」開始的。當佛陀卅一歲的某個夜半逃離父王為他而設的宮殿時，他不但已經成家娶妻（而且根據佛典很可能還不只一位），而且已經生子（他取名為「羅睺羅」巴利文，意思是「障礙」）——就現代人的觀點，佛陀可謂是個不負責任的父親。

而深入佛典也會發現部分佛說是針對執著「家庭」概念的人而說的，阿含經裡明白記載著佛陀要人儘量不要生小孩，生了小孩也不可引以為傲為樂，反而應該感到憂傷；地藏經則更告誡生了小孩切不可殺雞宰羊慶賀。每每想起魯迅指責中國人的婚姻執念，像是是把兩隻豬趕在一起指望生一窩小豬，便不禁會心一笑。

二〇一三年台灣反多元成家的勢力興起，高舉宗教基本教義之偽道德大纛，指責同志夢想結婚，令人訝異的是：不過是規範「伴侶關係」的權利義務的一道法律，竟值得這般大張旗鼓？而「護家盟」的說法重彈上世紀美國右派基督教的荒謬老調——當時右翼基督教徒反對白人與黑人婚嫁的理由竟然是：人類如果可以跨種族結婚，那人類以後會娶猴子——更叫人啼笑皆非。

見過周遭無數不幸的家庭和破碎的婚姻，再經歷面對台灣右翼教會「反多元成家」荒謬又激烈的情緒，深入思考家庭之於個人的意義，才驚覺佛經裡，沒有任何類似地球人類的「家庭」結構和概念的北俱盧州，竟然是「福報」之國——這是多麼一個深具警示及超越意義的「對照」和反思！

也許正如宗薩蔣揚欽哲仁波切所說的「福報」：「……你會生活得非常好，那種世俗的幸福，一直都很好。生命中不會出現任何突發事件擊碎你的世界觀、價值觀，把你推到佛法裡面。也沒有任何事情出現把你喚醒。」

是的，在沒有一切世俗家庭的苦難的北俱盧州，沒有任何父母兄弟姊妹親情糾葛的「俗世的幸福」，不正是一般人在親近宗教時內心所企求的？佛經裡的北俱盧州卻明明白白告訴世人，所謂人道裡「福報之最」的真相。

而這享有最高福報的國度裡是既沒有「家」，也沒有佛法的。

所以當我們踏進道場時，何不先捫心自問：我們究竟在求佛法，還是在求福報？

如何好死法

雖說根據許多宗教的說法，一個人的死期並非定數，但歷史上記載許多生死自在的「大師」們卻可以「預知死期」，甚至自由來去，想什麼時候走就什麼時候走在西方最著名的例子非「靈界大師」艾曼紐．史維登堡莫屬，他死於一七七二年三月二十九日，為了證明他有這個預知能力，他在死前數個月寫下自己的死期，寄給當時一位德高望重的牧師，請對方在他死後拆信公證。

而在東方，這類故事發生在諸高僧大德身上的，應該更多，這裡無法一一詳述，近日讀到《水滸傳》裡魯智深的死法，倒開了眼界，一方面既不失他生平爽快俐落的英雄本色，一方面卻又暗合禪門深意，教人對這樣的死法擊節讚嘆，心生嚮往。故事記載於《水滸傳》第一一九回：

且說魯智深自與武松在寺中一處歇馬聽候，看見城外江山秀麗，景物非常，心中歡喜。是夜月白風清，水天共碧……睡至半夜，忽聽得江上潮聲雷響。魯智深是關西漢子，不曾省得浙江潮信，只道是戰鼓響，賊人生發，跳將起來，摸了禪杖，大喝著便搶出來。……眾僧都笑將起來道：「師父錯聽了！不是戰鼓響，乃是錢塘江潮信響。」魯智深見說，吃了一驚……心中忽然大悟，拍掌笑道：「俺師父智真長老，曾囑付與洒家四句偈言，道是『逢夏而擒』，俺在萬松林裡活捉了個夏侯成；『遇臘而執』，俺生擒方臘；今日正應了『聽潮而圓，見信而寂』，俺想既逢潮信，合當圓寂。眾和尚，俺家問你，如何喚做圓寂？」寺內眾僧答道：「你是出家人，還不省得佛門中圓寂便是死？」

魯智深笑道：「既然死乃喚做圓寂，洒家今已必當圓寂。煩與俺燒桶湯來，洒家沐浴。」

之後魯智深洗浴更衣，又問寺內眾僧討紙筆寫了一篇頌子，法堂上捉把禪椅，焚一爐好香，自疊起兩隻腳走了，宋江還不及見他最後一面，已經「天性騰空」。

蒙作者厚愛，魯直無文的酒肉和尚竟然也在死前一反常態，文謅謅地寫下這首耐人尋味的誦子：

平生不修善果，只愛殺人放火。忽地頓開金繩，這裡扯斷玉鎖。咦！錢塘江上潮信來，今日方知我是我。

而前來火化遺體的徑山大惠禪師，卻指著魯智深又道了幾句意味深長，頗為相稱的法語：

魯智深，魯智深！起身自綠林。兩只放火眼，一片殺人心。忽地隨潮歸去，果然無處跟尋。咄！解使滿空飛白玉，能令大地作黃金。

這段描述和佛經裡釋迦牟尼教化殺人魔王盎掘魔羅的故事頗有異曲同工之妙；只是盎掘魔羅當下便開悟了，成為一名阿羅漢，而魯智深卻在死前迴光返照，明心見性，頓悟「今日方知我是我」。

固然對於凡夫俗子如我，猶自參不破生死，更不解其中深意，但看魯智深這般死得俐落，仍不禁要吆喝一聲：死得好！

宗教的「氣味」

身在廿一世紀，日常生活中宗教誠然有退位之勢，但一般人尋求宗教慰藉之心，恐較以往有過之而無不及。

而全球幾大宗教曲指一數，其發軔赫然都已距今上千年，固然有經典流傳，可供後人經由閱讀而親近最初「教主」的教導，無奈「文字是死的，惟有靈意使人活」，佛經聖經的書寫皆出自「凡人」之手而非耶穌佛祖親為，如何正確無誤把握其微言大意而不至謬以千里，成了「讀經者」最大的挑戰。

無獨有偶，最近連續讀到兩位日本作者在文章中提及宗教經典中少有人關注的「氣味」問題。其一是日本新興宗教教主高橋信次，他自稱神佛轉世，運用神通力還原當初的祇樹給孤獨園和竹林精舍，固然兩者皆具不小規模，但畢竟僧眾成千上百，吃喝拉撒都在一處茅廁，難免有異味飄出。所以佛陀聚眾說法時是聞得到這些味道的。而僧團戒律不得超過三件僧衣，經年遊行或結夏，衣物不免汗濡酸臭——這些都不是一般信眾在研讀經典時可以想像的。有一派說法認為佛教戒五辛，其實是為了僧侶聚會時，有人口中發出惡臭影響集體修行的緣故。

而另一位則是以描寫基督徒聞名的日本女作家三浦綾子。晚年她出版讀經心得，提到馬利亞冬夜於馬廄中產子的場面，在無數耶誕劇中總是無比溫馨的場面，東方三聖者奔來送禮，牛羊溫柔環伺聖母子，天空明星照耀，天使起舞。但女作家以無比敏銳的心思和小說家的天生嗅覺，立刻指出尚未立冬即趕入室內的牲畜，其實臭不可抑。我們美化了太多宗教的圖騰，包括十字架上的耶穌，根據記載，耶穌在釘上十字架前已死全身赤裸，胸膛已被長槍打開——這樣慘烈的死狀，和今日教堂上那優美纖細的詩意北歐男體（而耶穌是中東猶太人，據考據生得矮短多毛），相差不知凡幾。

這些有關氣味的描述，卻無形中拉近了我們與這些神聖人物的距離，並顛覆了一般中產階級對基督教教義的布爾喬亞式想像。耶穌的身邊不乏妓女、竊賊與稅吏，釋迦牟尼經年背痛，最終食物中毒血痢而死。

而這麼充滿「凡人氣味」的死法，會不會其中另有深意吧？

參！你的初戀……

得知一行禪師身體微恙的消息，自然想到他的許多著作，陸續在自己人生的許多關口出現，幫助自己渡過一次又一次心靈的暗夜驚濤。

回顧書架上那一本又一本無由出現又無由消失的書，想起一行禪師最吸引我的，就是他對浩瀚佛法的融會貫通，下筆的舉重若輕，無盡溫柔，讀來毫不覺察修行背後的嚴峻艱苦。此外，還有他毫不諱言他的初戀——和一位比丘尼！

而這段戀情在他的書寫中持續了數十年，由男女私情轉化成弘法伴侶——姑且不論這是否「六根不淨」，光是這坦誠需要多大的勇氣！

然而這「無明渴愛」在一行禪師眼中竟也飽含禪意，他是這麼說的：

「請你也想想自己的初戀。慢慢地想，回憶一下它是怎樣發生的？在哪裡發生的？是什麼因緣把你帶到了那一刻。喚起那段經歷，帶著慈悲和智慧深入地審視它，你會發現有很多那時你並沒有注意到的東西。禪宗裡有個公案叫做『如何是你父母未生之前你的本來面目？』這個公案的目的是誘請你去探索真我……。

深入地審視你的初戀，努力發現它的真實面目，當你這樣做時，你將發現你的初戀並不是真正的第一次，你出生時的樣子也並不是你的本來面目。如果你深入地觀察，你會看到你真實的本來面目和你真正的初戀。你的初戀依然還在，一直在這裡，繼續塑造著你的生命。

這是一個禪修的課題。

當我遇見她的時候，那並不是我們相遇的第一次。否則，愛怎麼會這樣輕易地發生？……她身上有一種巨大的安詳，是其他人所沒有的，那是由虔誠的修行所產生的……現在，她出現在這裡，一如盤坐草上的佛陀一樣安詳……在我看到她的那一刻，我在她身上看到了我嚮往和珍愛的一切。」

我想起那時才大一的我，某個週末在男生宿舍臨窗眺望，目光不自主停駐在那個足球場上奔馳而過的男孩的身影……，心思微微一動，一生命運因而改變……

參！

阿難

讀佛經有一段令人不解的故事。

當佛陀自知年老不久於人世，召來長久隨伺在側的弟子阿難，問他可願意求佛陀長久駐世，如果他求了，佛陀便能長駐人間，渡眾濟世至少再一阿僧祇劫。

不料佛陀連問了三次，阿難都像著魔似地心神恍惚，不出一語，於是佛只好長嘆一聲，於八十歲那年圓寂辭世。

因此阿難在後世文獻裡飽受責難，佛法會滅，佛無法為末法眾生說法，都可以歸究於阿難在這緊要關頭失神緘默。連阿難自己事後都懊悔，只能以魔鬼從中施法，一時「鬼迷心竅」來解釋。

佛經裡阿難一直是個最具「人間性」的代表。他是佛陀親堂弟，有著相似的威儀美貌，又言語柔軟，處世圓融，被佛陀指派為僧團「機要秘書」，舉凡對外發言交涉，對內管理僧眾，都由他一手處理。更由於長年親近佛陀，比別的弟子更有機會聽聞教法，甚至代為說法，因而有「多聞第一」美譽。

可多聞並未使阿難早早開悟（阿難是唯一在佛陀死後才證阿羅漢的弟子），反而為佛陀生前四十年的傳教事業，帶來諸多事端麻煩。最為人熟知的，便是他的軟心腸，求得佛陀甘冒佛法傳世「少五百年」的遺憾，接受女人進入僧團。即便例行的布施麵餅都還扯出與女眾的「曖昧」糾紛，法華經更有他被愛慕他的女人施咒險些破戒的故事。

當時印度女人社會地位甚至低於首陀羅（賤民），且兩性關係比起漢文化來又開放不知凡幾，女人進入僧團的管理令佛陀頭痛不已，這些不得不說是阿難的特殊性格使然。

然而整個大乘的精神卻又在阿難這個人物身上具體呈現：現世的圓融，慈悲無分別，服伺佛陀及大眾不證涅盤。

誰說他不是真正一個大菩薩？

小動物恐懼與菩薩行

身為佛教徒，最大的挑戰之一便是對蟲鼠蛇蠍等小動物天生近歇斯底里的恐懼，非除之而後快而違背了「不殺生」的戒行。

記得大學時代投稿報紙一篇「蟑螂恐懼」，談的無非是打死一隻蟑螂，誰知立即有位法師來信提醒我為文「鼓勵殺生」的過失，道行高超的他則可以和小強溝通，說完話小強還輕輕搖晃著觸鬚表示「他聽懂了」而「快活離開」，從此不再出現。如此以「溝通」替代「殺戮」，便可以做到「不殺生」。

卅年後我必須承認，比起當年不管多讀了多少佛書，我就是無法拈著蟑螂鬚對一隻蟑螂說話，勸導他離開。

因此多年來只要看到驅逐蟲鼠（而非殺死）的產品，總愛買來試一試，但結果總令人失望，這些小動物天生適應力驚人，逐食物氣味而居——而我努力清潔家居收了食物除了氣味，他們卻照常出現，令人忍無可忍——唯一聊以自慰的，多年來家裡不曾擺放過毒鼠藥，也不曾噴灑除蟲藥劑。可視之為「消極」的菩薩行。

幾年前夏天去了一趟西藏，可能由於全球暖化，冬天不夠冷，廣大的西藏高原凡有青草覆蓋處，都住著大量老鼠，而且似乎沒有天敵，數量之多，令人髮指。藏民也習慣了，或因信仰之故，並沒有任何捕殺的舉動。而這樣對老鼠的寬容竟重現廿一世紀的台北。年前我與朋友拜訪某位喇嘛，在談話當下，發現不遠處供佛的桌上，正爬走著幾隻碩肥的灰鼠，怡然吃著燈裡的油，看牠們一副毫不畏人的模樣，顯然早把這供桌當作是自己家了。相信這番駭人景象又是「不殺生」戒的結果。

菩薩行的深意和人間戒律之間，顯然還有一道需要智慧來填起的鴻溝……

於我而言，這智慧便是現代人最需要的菩薩行！

真愛的答案

逾不惑之年仍然身陷對生命的大惑之中，工作之餘上個禪課似乎是順理成章。

一日禪師問我：現在最想做什麼？

我回答：我一直都只想談戀愛。

禪師問：都五十好幾了還談不夠？

我遂想起從前種種，那些無疾而終的，牛頭蛇尾的，莫名其妙的，面目模糊的，種種隨風而逝的短促戀情。

禪師問：還要繼續談下去？談到進棺材？

我心想：是啊。嘴巴卻說：我還沒有找到真愛呵。沒有真愛生命可是抱憾以終呵！

禪師說：所以你生命的答案就在真愛。

不是嚒？我理直氣壯。

禪師不再發問了。我看他的表情知道他的意思是：萬一你一輩子尋找不到真愛呢？

是的。我賭氣似地：我就是要找到真愛找到進棺材的那一刻為止。

想起之前上圓覺經，談到愛有三個層次。（老師說經中有談到，可是我實在看不出出自哪一段。）

第一，愛與恨可以相轉換的愛。世上大多數人類終其一生，擁有的是這樣的愛。可以理解為有條件的愛。可以包括父母子女，情人之間。

第二，沒有受辭的愛。不需要受辭的愛。這就比較難了解了。我以為歌德在「少年維特的煩惱」說的：我愛你，與你何干？與之神似。既然與對方無關，就無從由愛生恨罷?!

第三個層次則更難理解了：沒有「愛」這個概念的愛。

我窮盡理解之力，搜索枯腸，也只能比附金剛經裡的「是真愛，即非真愛，是名真愛」這個句型，來解釋這無願無行的，由空相顯生之愛。

這樣的愛大概只有像佛陀這樣開悟的人才做得到罷。我想。

繼而反思：萬一生命的答案真的不在我所謂的「真愛」裡（我能夠在第幾個層次裡去愛）？

我想：或許，能夠接受這樣的事實或可能性，於我已經是了不起的進步了吧。

第五篇

醫學

陰陽眼醫師奇遇記

記得曾讀過一本外科醫生的傳記，主人翁天賦異秉，從小便能看出一個即將往生者身上籠罩著一股特別的「氣」。只要他看見，通常不出三天，至多一個禮拜，那個人必定蒙主寵召。他以為每個人都擁有這能力，直到他當上了外科醫生。一個看得出自己的病人快要掛點的醫生，如何處置這樣的病人？救還是不救？怎樣救？書中這位醫生後來索性關上了這種能力。

而我是在當上住院醫師後，才成為一個虔誠的佛教徒的。為什麼？我原來自一個毫無宗教信仰的家庭呀！說穿了，起初是因為對心經有感應。而之前整個醫學養成教育，老實說，還和阿含經裡記載的佛陀對僧團的教導，有幾分神似。譬如大體解剖課，大考前沒天沒夜地抱著那一具具發黑破碎的屍體猛啃，不和佛陀教的「白骨觀」雷同？急診處經常可見車禍仇殺情殺自殺之後殘缺失血的人類身軀，又豈不是修「不淨觀」最佳的實習對象？記得在病理科實習時，整整兩個禮拜我的功課是從一隻截斷的長滿腫瘤和膿汁的大腿上採取標本，邊切邊插上標示的小旗，有時四溢的膿汁還會不小心濺進嘴裡幾滴——這樣，還怕觀不出「身不淨」嗎？而在急診值班，有次急著四處找我的病人，直闖外科留觀區，重重簾子掀開，掀開掀開，掀到最裡頭竟然並肩躺著一對中年男女，表情安詳，面色雪白，全身赤裸，像是睡著，只是兩人皆一道直直的傷口由胸直下肚臍，肥大發出豬肉攤那種悶悶的腥臭味的腸胃全部蜿蜒攤擺在肚皮上，堆成一座小山，像有心在展示結腸構造似地——屍體看得多了，這點場面算什麼，問題在於「心境」。猛一下沒有心理防備，直覺整個心魂都要栽進那堆淤紫發黑的大腸小腸裡去。第二天打開報紙社會版，才知是同居男女情殺，男方殺了女方後自殺，用的都是近乎切腹的方式，到院時雙方皆已經死亡。我手握報紙陷入冥思：切腹其實是一種死得最慢，最飽受折磨的死法，日本人切腹要有人接著砍頭便是這個道理。此際腦海中浮出這對男女的死相，卻是那麼平靜詳和，甚至還恍惚地微微笑著，似乎那些經歷過的痛和死，已經和他們無關。

是的，我死後，我的身體又和我有何相干？可是人要「活在當下」，何人不珍惜寶愛生命？何人不想盡辦法美化它，修理它，延長它的使用年限？而醫學幹的正是這勾當，正是藏傳佛教形容「我」的運作「三王」中的「身王」。

整個西方醫學所服膺的，正是今日文明尤其資本主義亟力操弄的「死亡隔離」主義——

人似為人可以不老不死，野心可以無限擴張，財富可以無盡擁有。於是地球陷入生態浩劫，人心的痛苦卻並未隨物質的豐盛而減少。這條人類邁向集體瘋狂的不歸路，醫學卻也是其中最重要的共犯結構之一。

不知為什麼從在醫院實習起，就常遇見電梯發生事故。第一年有天清早查房時，看見電梯被黃布圍起，聽說是有兩個學姊（皆是住院醫師）在失速跌落的電梯裡摔死。而眼科病房在舊大樓，第一天值夜班學長姊便神秘地向我擠擠眼，鄭重地告誡我，半夜搭乘某部電梯，一定會在某個樓層「自動」停下來，門「自動」會打開，這時千萬不要驚訝，就乖乖讓門自己闔上，沒事！

而在醫院裡遭遇的靈異事件往往並非單一個眾生顯靈，而是一大群一大群。一次我為白內障手術的患者打完了眼球後麻醉，這時病人躺在手術枱上突然坐起來大叫：房間裡怎麼這麼多人？有這麼多老榮民伯伯在瞪著我？本來打完麻醉後的眼睛應該是連光都看不到的呀?!我心中吶喊。就更別提加護病房了，上了麻醉插管救回來的病人經常描述：病房裡有好多人來探望過他，一大群。我聽了總是白他們一眼：白痴，你們難道不知道加護病房的規定，一次探病就只能兩個人，哪來的「一群人」？

而一次在我的門診當中——而且是大白天——竟然就有一位小學年紀的女孩，手指著我的診間一角說：「那裡怎麼站著一個人，身穿著黑衣服，頭髮長長，手腳都是蹄？」我和護士及家長面面相覷，只能勸家長帶小孩去收驚。

最經典的算是好友 Jay 值某醫院內科病房，睡在某個值班室。整晚被「一群人」吵得無法入睡，女男老少都有，團團圍在他床邊，數目簡直可以組成一個部隊。隔天他向護理長報怨，卻只得到一個建議：燒點檀香試試看，驅驅邪。誰也沒把這當作一樁正經事。結果當晚香煙裊裊中，來得更多，表情更兇，還扯他的綿被和褲腳。他再也忍不住，問他們：如果只是好奇他是個新來的醫生，就請拉拉他的右腳，如果是不喜歡他要他滾蛋離開，便拉拉他的左腳。

結果當晚 Jay 便捲鋪蓋收拾行李離開了那家醫院。

而醫院哪天沒死人？死亡這件事尤其是在大醫院裡，尋常到連神經再大條的人也都成了「專家」。譬如，某床病人過不過得了今夜，幾點會死，許多醫護都有「心電感應」，奇準無比。而最神奇的是不只醫護人員感應得到，連隔壁床或同病房病人有時也能預知別人死期。譬如夜班護士經常在這床病人的嘴裡，知道對面那一床病人今晚要走——你看，對面那個北杯，床頭站著兩個人，高高地，一黑一白，……

有的病人眼力比較好，看到的是一位牛頭一位馬面，而且還詳細描述：牛頭是棕色的毛，馬面則是純正的黑色鬃毛……，聽了令人不禁寒毛直豎，連忙求他就別再說了。

而且不必懷疑，「對面那位北杯」一定活不過五更。

我也是某次在某個朋友母親的病房裡一不小心脫口而出，而才明白我似乎也是「感覺得到」的那種人。那次我似乎看到了「中陰身」，在朋友母親的單人病房裡顯得身形高碩，而且其實不是我的眼睛在「看」，而是直接從意識裡顯現。在那之前，我已經為我打坐後會「靈動」而苦惱不已許多年。而這靈動後來還逐漸發展成不同內容，包括自動書寫，瑜珈太極，隔空抓藥，唸唱咒語，之後還會自動為人拍打灌氣。被我灌氣治療的病人不明究理，還一面讚美我：「陳醫師，我怎麼不知道你什麼時候還學過中醫呀，會幫人灌氣，真是中西合璧呵……」而我這時心裡總是這麼想：×，你以為我願意替你治療啊，連我自已也不知道自已在幹什麼呵，呵呵……。

而朋友母親走的那一晚我去探望，房間裡早已僧眾滿滿，誦念敲打之聲盈耳，由於住在高樓，據朋友轉述，喇嘛們是將母親由樓梯往間往上送至頂樓走的。我在房間裡瞻仰過遺體，不知為何一時口吐真言（或胡言亂語）：慢著，你媽媽還沒有走……

接著我便感到一股能量由內而起，當頭罩下，我又口吐真言（或胡言亂語）：媽媽想摸摸你的臉……。

於是在朋友一臉錯愕欣喜交雜的表情中，我的手，竟然，竟然，就在朋友身上臉上輕輕觸碰了幾下。然後我只想讓這場親情倫理催淚劇早點收場，連忙又口吐真言（這回我肯定不是胡言亂語）：媽媽已經走了，她現在去一個比人間更美好的地方，你就不要太難過了，應該要為她高興才是……

是的，人死了是一切歸於虛無，還是去了什麼天堂淨土？佛陀擅於觀人死相為之授記，以清淨潔白為解脫相，證得涅槃清涼阿羅漢。所以死後人去了哪裡既無從求證，也並不重要，連佛陀也說「死後有無」是無記，生前活得能夠讓自己臨走那一刻「死相好看」，似乎比較重要。人生上台容易下台難，如何揮一揮衣袖不帶走一片雲彩，能瀟瀟灑灑地走，放下所有貪嗔痴，甚至還能回眸一笑，如許多禪師說上一兩句偈語，豈不是大妙大好？

而如何修得這個好死法，也就並不是一個每天和死亡擦身而過的醫生能幫得了你的，即使他有一對無可救藥的陰陽眼。因為只是一味糾結在人世間的愛恨情仇，老覺得人家欠你害你對不起你，那其實就不必等死以後，當下我們就活在十八層無間地獄裡。

而醫院就是讓你求生不得，求死不能的一層。

二〇一六年六月二十一日

一隻龍蝦

病人送來一隻龍蝦。是從波士頓遠渡重洋來的那種。沉甸甸的盛在一只塑膠袋裡。拒絕推辭了半天，還是送來了。

從塑膠袋口望進去，暗沉沉的一隻帶殼爬蟲活物，伏在一塊銀色的冷凍包上。居然還活著。

我確定。

記憶中波士頓人是不吃已經「往生」的龍蝦的。那年在哈佛大學求學，曾在中國城裡遇見有洋人開著小貨車兜售冷凍龍蝦肉，一大桶一大桶裝好，才十幾塊美金，竟然乏人問津。我問當時的美國男友，他竟然一臉驚訝：你難道不知道龍蝦沒有人吃死的？

我一面自慚從小五穀不分，一面努力回想，果然想起波士頓市場裡的龍蝦都一隻隻擺在冰塊上賣的，仔細看都還會動。

「螯上套的繩子不要解開，就直接蒸熟吃。」他交代。好像交代犯人必須雙手綁著上火刑。

我看著這隻待宰的面無表情（或說讀不出表情）的小傢伙，發現和在餐廳裡吃龍蝦大餐竟然完全是兩樣心情。

現在的他，應該是身處火燒地獄吧⋯⋯。我提起龍蝦放進鍋裡，注入水，開了火，心裡念了幾遍經，一面又覺得自己偽善。

不吃它不就得了？

偏偏這傢伙是鹹水的，無處放生。

橫豎是一死，讓它在冰塊上凍死，和在鍋裡燙死，有什麼不同？連自己的詩裡都還寫過嘲諷過：人類最擅長使用水和火，使屍體發出香味⋯⋯。

這下完全感受到什麼是自作孽。

然而兩者還是有所不同。活活燙死的，可以吃。好吃。

非常好吃。

幾十分鐘的火燒地獄之後，再打開鍋已是亮澄澄香噴噴一隻上好大紅龍蝦，我一人享受著這隻從波士頓遠道而來的爬蟲。從殼到卵從頭到尾沒有一處放過，仔仔細細吸乾舔淨。

然後我知道從此我將一座地獄，悄悄從廚房移至我心底。

以後愈是懷念這隻龍蝦的滋味，就愈能感受這座地獄的威力。

救救我，地藏菩薩。

當晚我收拾所有殘餘，裝進垃圾袋裡擱進地下室，又開了一晚抽風機，確定房子裡沒有留下任何海鮮的氣味。

二〇一六年六月十九日

身體是國家的？

二〇一一年夏他來到新加坡，參加為期四天的角膜層狀移植手術工作坊。

新加坡一直是個頗令他困惑的國度。四季皆夏，卻不像台灣菲律賓時有颱風，有點「日日是好日」的熱帶天堂的興味，連樹木都比別的國家長得高大繁茂些。各項經濟數據無不領先亞洲各國，卻也是貧富差距最大，基本工資最低的幾個「先進國家」之一。

而醫學方面的表現呢？

雖然新加坡「出產」的醫學論文與時俱增，表現亮眼，卻也是平均國民自費負擔醫療費用最高的「先進國家」之一。

而曾幾何時，台灣醫學除了向歐美日本取經，也得向新加坡學習了？

光是他遠渡重洋前來上課，就說明了一切。

綠蔭覆蓋的國家級醫學中心，佔地比榮總加台大還廣，儀器設備人才一流，但這都還不是醫學進步的最重要原因。回顧西方醫學史，外科進步最迅速的時期是在兩次大戰，戰場上源源不斷的傷兵是醫生累積經驗，學習手術的最佳教材。最近一次躍進則是在兩伊戰爭。

四天上課下來，加上現場手術的教學示範，他最大的感慨和驚訝是：新加坡的醫生怎麼有這麼多捐贈的眼角膜可以使用？同樣是華人，為什麼台灣就做不到？

台灣器官捐獻「鼓勵」了那麼多年，依然一具具「全屍」送進了棺木或火場。

他私下聽到的說法是：新加坡法律規定，人民過世後的身體是屬於國家的。除非在出生時特別簽署一份文件——當然，許多父母根本不知道可以簽署這份文件。

因此每一具新加坡國民的遺體都可以依其條件由「國家」分配，做為器官捐贈或解剖研究之用。

他想：有這麼多眼角膜可供使用，要眼科手術不進步也難……

光這一點，台灣真的，真的被比下去了。

人之所以為人……

人是什麼？在任何形而上的討論之前，從生物學的角度來理解，絕對是必須的。

記得十年前在哈佛研究，被拉去一個台灣人的家庭聚會。對方是一個媽媽帶三個兒子，爸爸留在台灣賺錢。三個兒子皆爭氣，都在哈佛就讀，其中一位是絕對而且激烈的素食主義者。我們三言兩語不到，便為了「人類是否是素食動物」爭吵了起來。對方堅持是，而我堅持不是。

十年後回顧這爭論，我卻有了全新的看法——即人類在靈長類動物的「獨特性」。靈長類裡約有三分之一是純素食（水果種子素），但基因比較接近人類的如黑猩猩和紅毛猩猩，幾乎都是雜食性。問題不在於人類的生理特徵偏向素食還是雜食，而是「人類社會」能夠高度發展，卻不能不說是人類「雜食」的結果。因為人類在靈長類中極端發達的大腦，實為一個消耗體內糖分最多的器官，而大多純素食的動物皆耗費太多時間精力在覓食，一個「整天在尋找食物」的物種，是難以建立起像今日人類高度複雜化且相互依存的文明的。靈長類中沒有一個族類能像人類遍佈整個地球，適應各種不同的自然環境，不能不歸功於人類在飲食上的巨大彈性。

另外一個有趣的現象是，人類是自然界唯一沒有發情期的生物。這看似無關痛癢，但曾經有位動物學家描述了一個「如果」人類有發情期的世界，不必懷疑，人類世界會立刻陷入混亂而毀滅。試想：如果瑪麗，湯姆和大衛三人在電梯裡，瑪麗的「發情期」來了，她立刻將她發出費洛蒙的陰戶敞開對準了湯姆，湯姆馬上解下了褲子，底下「那話兒硬梆梆」地就想頂入瑪麗的陰道，一旁的大衛卻也無法克制地有了生理反應，於是兩人立即為了誰的陽具應該進入瑪麗的陰道爭吵起來，而且大打出手——因此一個小小的電梯裡立刻上演爭奪「生殖權」的暴力戲碼，當電梯在短短的幾分鐘內到達地面層樓時，三人渾身傷痕地相互揪扯滾出電梯，卻發現整個地球早已陷入彼此攻擊的浩劫場面——原來，要建立一個像現今人類社會如此人口高度密集而分工細密且相互緊密依賴的社會結構，生物是不可以有「發情期」的?!

原來人之所以為人類現在這個樣子，許多「生物性」的因素已經決定了這條看似無法預期的命運道途……

視網膜共業

前幾天去癌症基金會演講視力保健，脫口而出：視力不好會是我們一代代人的共業。事後回想，也不了解為什麼會脫口而出，這麼一句天外飛來的謎語。於是再想了一想。過敏會造成乾眼，試問：我們能減少現代環境中的過敏元嗎？不能。3C產品傷害視網膜，試問：我們做得到每天少看半小時手機嗎？做不到。這就是時代的共業。

然而還有。

C醫師在教學醫院受完視網膜的次專科訓練，回中台灣老家執業。年輕，專業，有熱情。開了不少視網膜剝離的病人。有的視力改善，有的沒有，甚至更差。這本是視網膜剝離的正常病程，但家屬找黑道上門。不然找白道，上法院。C醫師驚嚇痛心之餘，關了開刀房，從此只在小診所看結膜炎和長針眼。

眼科醫師圈子並不大，大家紛紛競相走告，不久連台北市內的一級醫院急診也擺明不收視網膜剝離的病人，醫師口徑一致：台大榮總比較好啦，這種刀我們醫院不會開……

這裡的隱台詞是：又沒賺你什麼錢，也不看看這刀健保怎麼給付，我幹嘛揹這個責任？還要被黑白兩道追殺？

於是幾家醫學中心急診視網膜剝離的病人多得收不完，開刀房一檯檯刀接到三更半夜，病床根本沒有，開完推回急診留觀……

而刀長急診多，人心又難測，竟連醫學中心也招不足視網膜科的主治醫師。原來視網膜剝離可以隔天開（全身麻醉需禁食），之後成了三五天，現在竟也有一兩週之後才排得上刀——可想而知，視網膜剝離放愈久視力預後愈差……

這也是共業。人心澆薄的共業，視力沉淪的共業。

怪不了醫師醫院，大家不過都在圖生存。

這，就是我們一代代視力會更加惡化的共業。不是嗎？

二〇一六年六月二十四日

正午的陰影

去探望一位癌末住院的禪學老師。

他住了有一段時間，我才得空前往。大家都以為他已出院，誰知又多留兩天，因此原本探病的人潮稍歇。我在無事的午後時分來到，竟得以和他多說了些話。

畢竟是學禪的，他在言語間並不避諱提及死亡：「很奇怪吧？一提起死亡，每個人每個文化不約而同都用黑暗來形容，惟有西方一個哲學家用『正午的太陽』來形容死亡。中午的陽光強烈到沒有人能直視，惟能低頭看著腳邊自己的影子……由死亡投下的陰影。」

我一面聽著，以詩人的本能，直覺地喜歡這個譬喻。

之後他出院了，理由是肝臟的轉移已大到無法手術切除，何況還有大腦裡的轉移。

正午的陽光照耀著萬事萬物，如此平等一致，如此鉅細靡遺，如此冷靜非情。我們卻太習以為常以致毫無所覺，直到不得不躺下，仰面看見被死亡所照亮的天空，才頓悟死亡其實一直都在。無所不在。

一位固定上健身房的朋友告訴我，他健身時認識了一對老夫婦。

「他們幾乎一年365天風雨無阻。」朋友說：「每天有氧、重訓、瑜伽、Combat、提拉皮斯……，都七十好幾了，體力好得不得了，那老伯手臂的二頭肌比我的還要發達，還要漂亮。」

他們成為好友以後，他知道這對銀髮「健康楷模」還大量使用有機蔬菜食品，吃的是五穀米，外加各種營養補充劑，每半年體檢一次……等等。

「應該可以活到一百歲罷？」我羨慕地說：「搞不好還不止……」

但一面又想：這樣的「努力」健康，背後支撐的力量應該還是「恐懼」罷……。「害怕」死亡，「害怕」老病。

不知為什麼，總覺得這樣看似無懈可擊的生活還是有些缺憾，似乎距離真正的「健康」，還有一段距離。

大概是因為我還是在他們身上看見了死亡，如正午無所不在的陽光，在他們毫無病痛的身上投下了陰影。

嬰兒房

一般人大約很少有機會進入大醫院的嬰兒房。我是說，一天可能有數十甚至上百個嬰兒出生的大醫院。

一個初生嬰兒就只是一小團通紅潮溼軟肉。但數十上百個初生嬰兒排排陳列你眼前，那景象就有點駭人，就叫做「業力現前」。

阿含經裡的佛陀曾「勸阻」人類的生育。認為生殖本身並非一件可喜可賀之事，反而應該感到傷憂。大乘經典裡地藏菩薩甚至告誡不可因為生子而殺雞宰羊大宴賓客。

當我還是個實習醫師時，產科的嬰兒房也是值班的範圍，一頭栽進去，先被餵奶時的一片嬰啼所震懾。似乎是有一個共通的看不見的生理時鐘，時間一到嬰兒「軍團」一起哭起來，護士們一陣忙亂。

而且每個初生嬰兒長得幾乎都一模一樣。一樣的醜。

常常看見嬰兒房的玻璃窗外站著初當爸爸的男生，手指輕敲著玻璃對著自己寶寶微笑，令我不解：他真的看對了哪一個是他寶寶？

科學家發現嬰兒在出生後數週會有一小段時期長得特別像爸爸。這是一種生物演化機制，讓父親可以認出自己的親生骨肉。因為據統計，世界上約有六分之一的男人在不知情的狀況下，扶養的是別的男人的種。

之後這些嬰兒漸漸長成各自的樣子，連同卵雙胞也會越來越不像，在佛家眼中，這也是因果業力使然。因為人世上沒有兩個人一生的起心動念，因果業力是相同的，所以也就沒有人面容形貌完全相同。

但隨著年紀增長，人口老化，我的眼科門診老人愈來愈多，也發現老人的面容愈來愈相似。

大約是臉上垂墜皮脂的造構十分類似，老人們的臉除了相似的皺紋，還有眉毛變粗，眼裂變窄，眼袋明顯，法令紋變深，皮下脂肪鬆弛，老人斑浮現，髮際線後退等等這些共通的變化，使得原來一張張個性明顯的臉，變得更近似。以佛家觀點：人一生不都在愛染貪瞋中渡過？相似的因緣自然呈現相似的容貌改變，也合乎佛的教法。林肯說：人年過四十要為自己的容貌負責。其精神也類似。

因此在門診中偶而遇見長得特別好看的老人，總是要多看幾眼，暗中讚嘆。因為好看的老人比年紀輕輕的俊男美女，更加稀有。

病緣

萬般皆緣，按照佛教的說法，生病亦然。

一個人一生要生什麼病，在什麼狀況下發現，遇見哪個醫生，選擇了什麼療法，甚至治療的效果和結果，也在在皆是緣與業在作用。同一個病在不同病人身上，往往治療的結果差異甚大，除了科學的有限證據和推論之外，只能用佛教「共業」與「別業」來解釋。

行醫經年，覺得人類醫學的進步著實有限，速度牛步，許多病醫生所能著力之處十分有限，甚至只能束手興嘆，倒是商業對新藥效果渲染的推波助瀾，媒體對新療法的誇大報導，比較熱鬧。

若將一個「病」視為一個共業，也就是金剛經所言一個「眾生相」，那其實每個踏入醫院的醫生和病人，都應該是要滿懷感激的。

因為每一種能治病的藥，手術術式，新的醫療儀器，其發明與臻於完善，皆需要在眾多病人身上得到驗證。每一項臨床醫學的突破與創新，除了實驗室裡幾個聰明腦袋的貢獻，最重要的還是「前人種樹，後人乘蔭」——也就是「共業」的眾生彼此的「付出」，讓醫生習得經驗，後來的病人得其利益。回顧歷史，許許多多的「志願者」願意以一已的生命或健康做賭注，成為一個新藥或手術的受試者，其高貴的情操與慈悲的情懷往往思之令人落淚，因為這正是不折不扣的「菩薩行」。

可惜踏入醫院的許多醫生與病人，皆忘了現今臨床任何一丁點的「最新療法」，皆有可能是由眾多病人「佈施」他們可貴的生命或健康換得的結果。就這觀點，醫生有何專業上的自矜或驕傲可言？而病人又怎能一味苛責「醫生為什麼沒有把我的病治好」？

只有愚痴又顛倒的眾生才會無視這由疾病構成的道場裡，原來充滿了無數陌生人的善意，犧牲，與扶持。

而今醫學的場域裡似乎充滿了負面的商業競爭運作，醫病糾紛的攻防算計，學術權力的傾軋爭鋒，而忘了醫療的初衷是無私無我的愛，菩薩行的「無緣大慈」與「同體大悲」——也就是全人類休戚與共的一體感與慈悲心。

也許，人類會生病，正是神要人心能夠有機會體會這由廣大的陌生善意所構成的世界罷？

白內障的眾生相

「北杯，你的白內障已經過熟了，早就應該開了……」我說。

九十幾歲的他咬著牙（已經也沒剩幾顆），拒絕的表情是：死也要把白內障帶進棺材裡。也不管還要多久才死，這段時間的生活品質如何。

另外一個極端是：醫生，我想要開白內障。

我看著他的視力檢查紀錄：兩眼都是壹點零。心想著如何勸他打消這個念頭。

「可是我真的看不清楚啊？」病人做出痛苦的表情。

他無論如何不肯接受戴個老花眼鏡。

兩個極端的執念都很難動搖。不然如何稱作「執念」？

而屆於其間的，有「菜市場」型：「醫生，人工水晶體有分哪些價錢的？我想要挑一下。」

於是我得找出像大賣場產品目錄似的人工水晶體型錄，業務員似地攤開在病人面前。心想：何時醫生的尊嚴淪落至此？

有的比較簡單：人工水晶體我就要那種最新最貴的。

我勸說：最新最貴的不一定就是最適合你的喔。

同樣的執念難以撼動。

有的「完美主義」型：醫生，為什麼開完我的視力不是壹點零？（眼睛只有白內障一種病嗎？還有別的問題啊。）

為什麼手術後還留有近視和散光？（人眼和機器眼畢竟還是有差別吧？）

我隔壁的說他開完三天就看得到了，為什麼我兩個禮拜還是看不到？（為什麼有人百米十秒就跑完了而我們卻跑不到？）

有的則是「一時興起」型，參加小學同學會，發現所有同學都開過了，才急忙跑來掛號。（別人穿名牌我衣櫥裡一定也要有一件。）

何時開白內障，該不該開，怎麼開，在在反應一個人的信念，人格，價值觀，「身見」，和自我投射。

當然，還有和醫生的緣份。

長久處於弱勢的台灣醫生能做的似乎僅僅有如佛陀所示：隨喜功德。畢竟，眼睛長在病人身上啊！

初老

俗話說：人老眼睛最知道。走眼科多年，發現來到眼科求診的，有不少的是憂心忡忡的「初老族」。

3C世代人人「過度用眼」，成天電腦電視手機，年輕時怎麼用怎麼沒有感覺，一但開始有感覺，就是歲數已到。

她初次來到我門診，一臉焦黃倦容。帶著度數不輕的近視眼鏡，顯然，是隱形眼鏡再也戴不住——因為眼乾。

她主訴（一如其他初老族）：視力模糊，看見飛蚊，擔心眼睛有什麼其他毛病。又，想知道老花幾度，想配副老花眼鏡。

看得出來曾經是個美人胚子，但是美貌似乎沒有帶給她人生相對的快樂。她沉著一張臉摘下了眼鏡。

我用細隙燈為她檢查，發現她粗黑的眼線是紋上去的。似乎幾十年前曾流行過。

「那很早了，」她解釋：「年輕時不懂事……」

我說：紋過的眼瞼隨時都處於發炎的狀態，愈久眼睛會愈乾澀。

意思是：愈久這「果」愈明顯沉重。

加上年齡，加上停經，加上過度使用。加上服用安眠藥物。

「我翻一下眼皮……」我說。

卻發現眼皮緊得異常，翻不起來。

顯然雙眼皮是割的，而且還切除了深部的脂肪，是「仿西方人」式的雙眼皮。也是很久以前流行過。

我努力試圖翻起眼皮檢查結膜，但幾次都失敗了，而且顯然弄痛了她。

「妳的雙眼皮……」我解釋：「是割過的，比較不好翻。」

她怔了一下。彷彿什麼秘密被看穿了。

然後她再也按耐不住不悅的表情。

彷彿來看眼科，就是在逼她承認「老」，承認她身上一切為保住青春美麗的「虛假」。

「好了，我不要看了。」

她起身便離開診間。

老，有這麼不容易辨識或發現？
還是迷信科學的現代人，狂妄到相信自己可以永遠不老？不顯老？
而醫生的職責是，滿足人的妄念，還是告知身體的真相？

角膜三地書

一、新加坡

二〇一一年夏他來到新加坡，參加一項為期四天的角膜層狀移植手術的工作坊。

新加坡一直是個頗令他困惑的國度。一年四季皆夏，卻不像台灣菲律賓時有颱風，有點「日日是好日」的熱帶天堂的興味，連樹木都比別的國家長得高大繁茂些。

各項經濟數據無不領先亞洲各國，卻也是貧富差距最大，基本工資最低的幾個先進國家之一。

而醫學方面的表現呢？

雖然新加坡「出產」的醫學論文與時俱增，表現亮眼，卻也是平均國民自費負擔醫療費用最高的國家之一。

而曾幾何時，台灣的醫學除了向歐美日本取經之外，也得向新加坡學習了？

光是他遠渡重洋前來上課，就說明了一切。

綠蔭覆蓋的國家級醫學中心佔地比台灣的榮總台大還廣，儀器設備人才一流，但這都還不是促使醫學進步的最重要的因素。回顧西方醫學史，外科進步最迅速的時期是在兩次世界大戰時期，有戰場上源源不斷的傷兵做為醫生累積經驗，或創新手術的教材。最近一次躍進則是在兩伊戰爭。

四天上課下來，加上現場手術的教學示範，他最大的感慨和驚訝是：新加坡的醫生怎麼有這麼多捐贈的眼角膜可以使用？同樣是華人，為什麼台灣就做不到？器官捐獻「鼓勵」了那麼多年，依然一具具「全屍」送進了棺木或火場。

他私下聽到的說法（沒特別求証過）是：新加坡法律規定，人民過逝後的身體是屬於國家的。除非這個人在剛出生時有特別簽署一份文件——當然，有許多父母根本不知道可以簽署這份文件，或根本不知道有這麼一份文件存在。

因此每一具新加坡國民的遺體都可以依其條件由「國家」分配，做為器官捐贈或解剖研究之用。

他想：有這麼多眼角膜可供使用，要眼科手術不進步也很難罷……

光這一點，台灣真的，真的被比下去了。

二、斯里蘭卡

他這輩子沒到過斯里蘭卡，但使用過來自斯里蘭卡的眼角膜。只知道斯里蘭卡是個原始佛教古國，兩千年來人民信奉小乘，民風淳樸，風景優美，佛教古蹟多得不勝枚舉。

許多年前當他還是住院醫生時，就很疑惑：為什麼斯里蘭卡的捐贈眼角膜可以多到送給全世界？是人民本性善良至無我境地，還是拜佛陀教化之功？

而之後又沒幾年，台灣眼科醫生又停止了使用斯里蘭卡送來的角膜。因為感染問題。

擔心是斯里蘭卡方面在摘取眼角膜時，消毒不夠完善。

他曾經在電視 Discovery 之類的頻道，看過有關於斯里蘭卡眼角膜捐贈的報導。由於當地人信仰佛教，相信死後捐贈遺體來世會有極大的福報，因此幾乎人人都捐。負責角膜分配的是一位像是當地鄉紳或什麼協會會長或官員之類的人物，完全不是想像中的專業或公衛人士。居住深宅大院，衣著考究，生得肥頭大耳，房間架上擺滿各方致贈的感謝函狀，紀念獎杯等等。

而這樣堂而皇之接受西方媒體採訪，以及四方湧至的感謝——難道他不曉得由斯里蘭卡送出的眼角膜有高感染的風險？他面對鏡頭怎能如此泰然無愧？

一個人臨終捐出他珍貴的眼角膜，理應發揮他最高的使用價值，才對得起捐贈者的高貴情操與一番美意，不是嗎？

但這十幾年來，他始終不知道斯里蘭卡的消毒措施有無改善，因為台灣始終不曾恢復使用。

三、台灣

而相對於新加坡和斯里蘭卡，台灣幾乎是個沒有眼角膜可以使用的國度。捐贈者少得可憐，等待者隊伍排得老長。

他在醫學院上醫學人文課時，秀出口袋自己的遺體器官捐贈卡，告訴同學：「從事醫業，在病中學習，往往只能以病人為師，我們死後捐出遺體也是應該的。」

當時台下學生一片靜默。

醫學生都還這樣了，何況是一般民眾？

他想起政府曾喊出把台灣建設成「生技島」的口號，然後另一方面衛福部祭出全世界最嚴格的管理條文（幾乎就是把各國最嚴格的法律剪貼在一起也不管其中相互矛盾衝突處而卻還可以讓我們吃飼料地溝油那麼久）——為什麼就沒有人想出像新加坡那麼聰明的法律？

「台灣同斯里蘭卡不都是佛教國家？」他天真地想：為什麼人家幾乎人人都捐？而我們卻是臨終逝後規矩禁忌一籮筐。

宜保持全屍。

不可移動屍體。斷氣後神識還在，感受放大，動遺體怕驚動起嗔恨心，會落入三惡道。助念還都來不及，遑論此刻還在身體上切上一刀取器官，或好幾刀？

又摘了眼角膜怕黃泉路上無人指路，會半途迷路？

這是什麼樣的佛教？

佛陀的教法其中最重要的部分不就是要破除「身見」？對這臭皮囊的執著才是真正的「毒」。佛陀本生故事裡的捨身飼虎，割肉餵鷹的菩薩事蹟，不正是「器官捐贈」最好的說明和示範？

財施。法施。無畏施。台灣人似乎特別熱衷財施，殊不知佛經裡到處明白寫著，財施的功德極小。

而今天台灣已經是連幫人按個電梯都會有人雙手合什說：「謝謝。感恩。」的社會，更多人吃素吃得「氣粗理壯」——但，真的就是符合佛教精神的社會嗎？「感恩」之後應該是「圖報」，連學佛的前提發「菩提心」也得將天地間眾生（這裡真是奢言「眾生」了）當作是自己的累世父母，卻連死後已不再相干的肉身也捨不下，還談何修行？

而信眾求諸高僧大德圓寂示現個金剛不壞之身，好貼金供奉起來，或燒得眾多舍利，証得佛所教導果然真實不虛，從沒有想過：這不過是個臭皮囊？

而竟也從不見諸高僧大德帶頭示範過，做遺體器官捐贈。

走筆至此突然心頭浮上兩個字，也只有這兩個字，足以解釋台灣這個無角膜可用的荒蕪生技島——台灣人的「共業」。

殘暴的詩人

初見李修士，就覺出他一種異於一般天主教神職人員的活潑，性格上的開放與柔軟。高大的身量，謙和的態度，和那坦白率直的性情，才剛見面便有如父兄一般可信任的溫暖，油然而生。

而我們竟然是在傳統天主教排斥的所謂的「外道」場合上遇見的。原來他竟是一位「家庭排列」師（family constellation），而那時我自願做個案，想找出為何長久以來一直無法維持長久伴侶關係的原因。

當大家團團圍坐好一個圈圈，正式開排之前，他總愛說上一段道理，是關於愛的，想想他說的也滿有意思，而且又似乎是針對我而說：

「如果你以好幾個月的薪水，買了一隻美麗至極，價值不菲的水晶杯給你的另一半，你一定希望對方好好將它收藏，不然就是展示在最美好顯眼的角落，以博得眾人的欣賞讚嘆。但是，如果你的另一半告訴你，他只想聽這水晶杯破碎時的清碎聲響呢？那你該會如何做呢？」

之後李修士每每自屏東上台北義務主持家族排列，偶而也會在我家的客房裡過夜，熟了之後我也因此知道胡修士自習「外道」的種類還真不少，包括這幾年由西方風靡至亞洲的各種「類宗教」的修煉方法，如前述的家族排列，還有靈氣（Riki），神經語言學，催眠等，他都拿到了高階的證書，可見他在這上頭花費了不少時間精力，同時大約也有興趣與天份。

於是我自掏腰包邀請他來我任職的大學，上一堂醫學人文的通識課。他講授的 power point 裡，將中西醫做了一個類似「超級比一比」的比較圖表，他認為東方醫學的長處在「養生」及預防疾病，而西方醫學則擅長於「殺生」——即以殺死細菌或癌細胞等來治病，是「殺生」的科學。他又有一個理論是：疾病來了要歡迎他，因為「生病」是人的「一生藍圖」中早已規畫好的，自有其深意。甚至生病本身也是「生命意義」的一部分。看他寫的文章，大多極力推崇氣功和能量療法，強調人身體的自癒能力，對西醫不免有些排斥，認為現代人過度依賴西藥的結果，反而削弱了自身原有的抗病能力。

而他早年也就曾以「家族排列」及「神經語言學」的方法，在他擔任香港有一百餘位國、高中學生（而且住校）的中學「副校長」時，在全校只有兩位老師的艱難處境裡，居然得以輕鬆有效地將學校管理得井井有條。而「靈氣」又讓他在當時（一九六、七〇香港醫藥較缺乏的年代），得以「自力」處理好許多學生們的病痛，不必看醫生。對行為偏差或來自破碎家庭的學生，則以催眠方法輔導，據他說也頗見成效。總之他對他這一身本領，由於有豐富實際操作經驗的驗證，是很有幾分自信的。几年前他由香港調至台灣南部，所負責的也還是青少年的收容輔導。

今年二月，他在一次餐會時偶然提及在香港做的每年一次例行體檢時，肝臟發現一顆不及一公分的小腫瘤，我職業本能地問：細胞是什麼型？做過肝穿刺及細胞切片了沒有？起碼良性惡性先大致有個譜。

這些他都無法回答，卻也微笑著一副並不以為意的樣子。「我知道我的腫瘤怎麼來的，首先我睡得太少了，平均每天大約才四小時，又不太做運動，」他信心滿滿地說：「我要先從改變我的生活作息著手，你知道嗎？自從知道得腫瘤至今一個半月，我體重增加了兩公斤，腫瘤也小了零點貳公分。」

看著他那麼怡然自得的模樣，我也不好對他的「抗癌」計畫，再多說些什麼。畢竟「疾病來了要歡迎他」是他自己說的，他自認收到疾病帶給他的訊息，也正處於歡迎他的疾病的階段。我所不知道的，是他也正開始一連串身心靈的改造計畫。

時光很快半年過去了，這期間我在台北他在屏東，他上台北的次數明顯減少了，再次接到他電話卻是他託一位女性友人打來，說他才又照了一次肝臟的核磁共振，能不能請我看一下片子。

我並非腸胃專科，立刻連絡一位學有專精的學長，約好三人在醫院見面，學長在看過他的片子，一陣寒暄之後，將他請出辦公室，反鎖上門，一臉焦灼嚴穆地告訴我：李修士的肝腫瘤已經大到擴展至橫膈膜與肺肋，已無法動手術切除，標靶藥物太貴且此時使用也已太遲。而李修士的同教團神父建議他吃靈芝似乎是他所有希望之所繫，但學長卻舉他自己病人的例子：「一顆靈芝不但現在已被炒成天價，而其治癌效力卻還十分可疑！」而他上一個病人吃了也是不到半年就走了，似乎並沒有比其他療法活得更久。現在唯一可推薦的治療是放射治療，但因腫瘤體積太大，照射後造成血崩或大出血的機會也大增。

「你要有心理準備，你朋友有可能隨時會走……」學長下了結論，同時丟下一個「怎麼會拖到這個地步」的眼神……

我走出學長的辦公室，等在外頭的李修士仍不改他一臉平靜的笑容，而我這才留意到他比起上回見面，瘦了整整一大圈，怕少了有十公斤不只。原來在這未連絡的六個月間，他做了家族排列，想解決他和家人之間的情感糾葛問題（當然，他以為正是這問題造成他的肝腫瘤），也接受催眠和腫瘤對話，其間也試過花精療法，也吃過各式各樣的花粉製品，「靈氣」想必不在話下，最後是斷食療法，這次會面正是他斷食期的最後幾天，怪不得瘦得只剩皮包骨。然而他又透露：不久前他同時也嚐試西醫的標靶藥物，但因費用太高，他只吃半量，吃了兩星期就不得不停了。（而根據學長的說法，這樣的吃法和完全沒吃是沒有差別的）——總之，這段時間他大致恪守了他對於「疾病」的歡迎理念和對另類醫療的信任，而且自始至終地「排斥」西醫。至於他和腫瘤「對話」的內容和究竟此次生病帶來何種「訊息」，甚至這半年來他對自己身心靈作了哪些的「調整」，我則無從得知。

面對睽違六個月的他，我可以感受他對疾病的「信念」遭受到空前嚴厲的考驗，如今他不但骨瘦如柴，體力耗弱，且頂著一個充滿腹水的大肚子，和爬滿腫瘤的呼吸困難的胸腔，連行走竟也感到吃力了。

「有個神父介紹我吃一種靈芝，他自己的癌症就是吃這個吃好的，下禮拜我就要飛香港和他碰面……，而且，」他低著嗓子告訴我：「上次為我做催眠的那個人，告訴我他和我的腫瘤說話，腫瘤對他說它會有八十歲，這不就表示，我一定至少可以活過八十歲不是嗎？今年我才剛過六十……。」

分手前我仍可以感受到李修士的樂觀和自信。

又兩個月過後，我從友人口中得知李修士在香港過世的消息，果然如學長所料，死於放射治療後的腫瘤突然大出血，得年六十二。而距離他發現肝臟長瘤，赫然不到一年。

在李修士離世的失落感中，朋友介紹我讀一本討論人類腫瘤歷史的醫學科普書：「萬病之王」。書中詳述了人類如何在與這狡猾凶殘的癌細胞的對戰過程中，一點一滴學習並了解腫瘤的行為，以及人類所有對癌症所抱持過的種種錯誤觀念與期望；在人類所有可能罹患的疾病中，腫瘤不但致死率最高，同時發生率也正年年攀高，眾病中就屬他最神秘，多樣，詭譎，與頑強。一位腫瘤科的大學同學所下的結論最深得我心，他說：癌症是人類圖生存的「必要之惡」，因為人類進化需要基因突變，而癌細胞便是基因突變的「副產品」。在種族整體的延續這件事上，人類不能只是好處全拿，而無人承擔惡果。

仿蘇珊．宋坦格在「疾病的隱喻」裡的口吻，如果結核病是浪漫溫柔的情人，愛滋則像是戮殺戰場上的戰士，而腫瘤癌細胞，則是生性殘暴卻又能自由揮灑的詩人，創意無限，個性無從預測，行為作風完全獨創原創，無止境地歌頌死亡。

而且，永遠「死」命必達。

二〇一二年十一月二日

天花板上的食物鏈

醫院喊著要擴建門診很久了，去年終於動土，將一片長久以來荒廢著的草坡夷為平地，蓋起金屬圍籬，怪手轟隆隆進進出出好一陣子。幸好隔得遠，當中又有一棟三層樓建築擋著，平時工作並不覺得特別吵。只是誰也沒料到，不過是才清理一片幾百坪的荒地，卻造成日後我所工作的這棟大樓的深遠改變。

一直以來我工作的門診大樓，因為有人（包括我）幾乎三餐飲食皆在自己辦公室裡，不免偶而見有老鼠蹤跡。無聲無息，久久一次，頂多留下幾處食物外包裝被囓咬的痕跡，並無構成所謂「鼠患」的具體事實，倒也人鼠彼此相安無事。

但就在那片荒地施工後不久，辦公室裡鼠跡突然變得確切而頻繁起來。

首先是遺留桌上的食物隔夜一律不翼而飛，接著置放抽屜的食物從餅乾到茶包，無論如何藏匿，全被咬開吃過，然後辦公室各個角落電腦背後一行行堆著的老鼠屎陸續被發現，再過幾週，下班後在辦公室留得較晚的同事皆聽聞天花板上時有異物行走奔跑的重重腳步聲，之後，這頗有份量的腳步聲竟然白晝也時有可聞。

「是老鼠變多了？」同事甲皺眉仰望天花板，拈鬚搔頭不解老鼠猖獗的原因。於是捕鼠籠紛紛設置了起來，也照舊天天空空如也。有時籠子中置放的餌如鳳梨酥等，還不翼而飛。彷彿是鼠輩對置放者智力的嘲弄。

「何不用粘鼠板？」同事乙顯然被激怒，斷然提議，雖然多人認為太過殘忍，因為被粘住的鼠輩往往因恐懼掙扎而手足折斷，屎尿齊出，被發現時死狀往往太慘不忍卒睹，不像捕鼠籠，逮住了還可以慈悲放生。但捕鼠事大，信仰事小，畢竟不好阻擋。

但是當我辦公桌四週佈下三塊粘鼠板偕同中央那塊牛奶糖皆蒙上厚厚一層灰時，另一件慘事發生了——辦公室裡有蛇。

隔壁同事丙早晨打開辦公室門時，一條三呎有餘的臭青母在地板上正怡怡然橫過他面前。呼應著上週隔壁大樓有醫生在看門診時，自天花板上垂下一條青竹絲。

擅長推理的同事丁立刻看出這背後有文章：一定是整理那塊地的結果，造成原來居住其中的動物大遷移，首先是老鼠，老鼠一多引來了蛇。

自此天花板上重重的腳步聲，改為追逐聲。往往倏地由天花板一角飛快地傳向對角線上另一角，呯呯呯呯，好像在打戰。

「蛇看來不太大，怕是會有一窩小蛇……」同事戊觀察被警衛拎走的蛇，深謀遠慮，提醒大家要提高警覺，怕還會有其他蛇要從天花板上垂下來。

從此大家下班後多準時離開，連我這個因家中無電腦喜歡賴在辦公室電腦面前的人，也不得不考慮到如果一個人深夜在斗室獨戰蛇類的可能處境，也不得不早早收拾包包。

接著更不可思議的生物襲擊了辦公室：跳蚤。

「怎麼可能？」同事己終於按耐不住：「我們大樓都有按時噴藥消毒的呀，上個月不是才剛剛噴過殺蟲劑……」

女同事們紛紛換下短裙改穿長褲厚襪外加長統靴，順便遮一遮被咬得紅腫的滿腳紅豆冰。

然後事隔一週，真正的主角才終於登場：同事庚在打開辦公室門時，一隻白鼻心從門縫裡竄了出來，天花板數片板子掉落在地，砸壞了幾件傢俱。

那時正是台灣全島傳出白鼻心身上驗出狂犬病病毒的敏感時刻，大夥兒終於意識到事態嚴重：原來天花板上不只是可能藏著一窩蛇，而且還引來了吃蛇的白鼻心。一個完整的食物鏈於焉確立。

警衛百般不解地抓走了並不咬人的白鼻心後，「這下可好了，我們得防一下狂犬病！」

同事辛足智多謀，立刻上網調查白鼻心，得到結論公佈行為共同守則：「白鼻心平時並不會主動接近或攻擊人類（但發了狂的例外），而且屬於夜行性，所以只要下班後不關燈，就足以驅離它們了。」

會有這麼簡單嗎？我心理這樣懷疑，但就從此離開辦公室時絕對保持全室燈火通明，炡一盞也捨不得關。

然後事情似乎就此停寂了一陣，彷彿塵埃已落定。

辦公室還有比白鼻心位居食物鏈更上位的生物了嗎？我有時會無聊這麼想。應該沒有，除了人類。還是老鼠已被吃光，其他動物只好另處覓食？

我的疑問很生態學：天花板上的食物鏈是從上層逐漸向下消失罷?!因為接著並沒有更多白鼻心或蛇再從天花板上掉下來，同時由於嚴格實施控管食物，零食絕對清空，終於有一天早晨，三隻老鼠死在我那三片蒙塵已久的粘鼠板上的牛奶糖不遠處，當我發現他們時已雙眼圓睜，手足折斷，屎尿齊出，顯然已氣絕多時。

我滿懷罪惡地收拾掉這幾乎是為期數月的食物鏈事件落幕前的最後三隻動物，心裡卻滴咕著：才不過整了一片地，就搞得這棟大樓污煙瘴氣，天翻地覆，更遑論人類曾經破壞了多少大自然？

是量子物理還是生態理論說一隻亞馬遜雨林深處的蝴蝶振翅，就足以掀起太平洋上一陣颶風？地球，全人類，大自然，乃至全宇宙原是一整個因果綿密相循的生命共同體，牽一髮而全身動。這個天花板上的食物鏈事件，具體而微，一葉知秋地示現了這「一體」的真相。

事過境遷，有朝一日那片荒地會立起一棟新的鋼筋水泥大樓，原來曾經居住的生物哪裡去了？

當我的同事們至今依然每日嚴格地帶走所有剩餘的食物時，再也沒有人曾經想起，百年，千年，萬年之後，人類會去了哪裡？

第六篇

詩人

族人

要一個詩人談另一個詩人，有可能是最失準的。因為詩人的個性裡，通常沒有「面面俱到」這回事。同時又是最自我的。

但也可能是最精準的。因為詩人習慣一語中的。字數少少底便把話講完了，還自以為說了很多，說了重點。

我喜歡席慕蓉——這個「喜歡」裡，包藏了許多曲折和面向。既是詩也是人。

首先，長久以來我一直誤解了她。也許是名字的誤導，一直以為她是南國金粉，在荷花叢裡搖櫓採藕，歌吟而過的那種纖細又強韌的書香女子。

誰叫歷史課本裡所有蒙古人不是「鐵木真」就是「窩闊台」、「花剌子模」之類殺氣騰騰的名字？沒聽說也沒想過蒙古人可以叫慕蓉的。

這誤解延續了很久，甚至一直到現在——她是真正蒙古草原上孕育的北地大妞，如果眼睛單看上眼皮，就是一片低緩起伏，一望無際的大草原所展現的天際線（一如她插畫裡常出現橫向的曲線），眼皮下一雙活靈活動的深黑眸子，就可以是所有風吹草低而悠然顯現的牛羊駝馬，山川大地的眼珠。

她的臉裡藏著一整幅塞外的無限風光。

大學時代正是「七里香」和「無怨的青春」風靡一時的時候，席慕蓉三個字完全召喚起我（以及當時許多男性文青甚至也不必是文青）內在的陰柔面，一面讀詩一面在紙上模仿著她的插畫，一面想像她是怎樣的一位女子。夏宇慧黠，林泠清越，席慕蓉渾然天成。三位女詩人佔據了那個慘綠時期的我對「愛情」的所有想像。

照榮格的說法，每個男人身體裡都藏著一個女人，男人是按照他內在的女人去「投射」出他的理想女性的——如果真的如此，那三位女詩人當中，席慕蓉和內在女性的「我」最近。有一次席慕蓉給我看父親的照片，那真真是一張罕有的雄健與溫柔調和並濟的俊帥的臉，而席慕蓉繼承了這特點（雖然她不承認），十足女性中閃爍著驕健的馬上英姿，但得看久才看得出來。

隨手撿出席慕蓉一首詩，永遠不變的感覺是：她是怎麼做到的？這麼簡單幾個字幾個句子？

是天生的詩人才做得到這點。

嚴格來說，詩裡沒有所謂「好」的字句，永遠只有「對」的字句。詩人的天賦便在於能把所有人皆有的感受用最「對」的字句和形式表達出來。通常愈簡單，愈難。

讀席慕蓉便有種從臟腑裡覺出的「對」的感覺。不必反覆推敲修飾。太多人習慣活生生把句子從葡萄折磨壓搾成葡萄汁再層層加工成濃縮葡萄汁（以為這就叫做好詩），席慕蓉卻怎麼寫就都是葡萄美酒月光杯。

年紀漸長，讀詩不再一味浪漫至上，我的席慕蓉熱卻絲毫沒有退燒，反而讀出另外一個面向來。

好的詩人似乎都在尋找（自覺或不自覺）一種時代的典型性，以他天生的氣質和敏感性。李杜一句詩往往便可以是一整個時代人對盛唐的整體印象。這典型性的浮現與完形，除了詩才，往往需要累積作品與歲月。換句話說，也是詩人生命個性本身的展現。詩，原是需要直見性命的（而且是必需要）。而在席慕蓉詩的抒情表象裡，有一個更大的背景常常被忽略，一種更深沉的哀傷被掩藏。而這在愈後期的作品裡愈發清晰，像好萊塢電影拍續集一樣，倒為早期的作品做了「前傳」。

原來席慕蓉的荷花是女人，那是每個女人心裡都有的，互通的，花似地綻開又花似地凋萎的心事。

那站在一道柔長地平線上的把影子拉得長長的樹，是立在蒙古大草原上的她，和她的族人。望著夕陽沈在遙遠的地平線上，久久也不落下。

那無盡髮絲似的又像白雲又是草原的團團線條，是她百轉千迴的鄉愁，鋪天蓋地，抽象又真實，咫尺又天涯。

而我真的可以取笑席慕蓉：妳其實是薩滿，用寫詩來召喚妳於時空中四散埋伏的族人。詩人不過是妳現實的偽裝，你的靈魂是通天地萬物，陰陽鬼神的。其實。

「尋根的散文固然要寫，但在詩裡妳其實已經完整。在那隔海望向蒙古草原的亙古眼神裡，妳身為蒙古草原女祭司的典型性早已經完成。」

「而我們這群痴心的讀者們，原來也可以是妳的族人。」

想起十年前寫給席慕蓉的一首詩，發現用來作為本文的結束竟也頂合適。特抄錄於後。

你的族人——寫給席慕蓉

夢如鷹隼，從妳舉高的小臂起飛

妳便召來一匹駿美座騎
縱身草原獵取妳目光所及的一切——
那時候，風依著草浪
微微掀動了先祖們　土地一般廣袤的記憶

（先祖們必然都還記得妳
還有妳不記得的　所有的族人……）

當長夜墨黑如煙
抖擻的營火跳躍在橫越臉頰
同時也橫越歐亞的疤痕上——
戰士們的靈　曾將睡中的妳高高舉起
讓星斗低懸至妳的眉睫
聽妳祈禱：
請為我召回我失散的族人……

在駝鈴低吟至無聲的手機畫面
在星光照耀如白晝的虛擬山巔
在風沙沈重如鉛粒的都市漠地
在淚水痛下如冰雹的水泥家園

——妳看不見的族人們早已集結好迎接妳的隊伍
妳聽不見的族人們早已傳遞著辨別妳的暗號

妳只須來到
妳真的，真的
只須要，在妳思想的曠野
騎著一匹馬兒夢一般地來到……

平遙想攝影

九月來到平遙，已是秋涼。黃塵遮日的老城，百姓彷彿還過著明清情調的日子，田字型格局的城牆上，角樓依舊輝煌，城垛依舊儼然。張藝謀曾經在這裡拍攝了一部「大紅燈籠高高掛」。

而平遙國際攝影展竟然已經超過十年了。當初，是誰想出了這個好主意？

而且聽說水準一年超過一年。

當初，是誰想出了這個聰明絕頂的好主意？昔日的各個廠房倉庫，柴油機廠，綿織廠，還有文廟道觀，城隍老商號，都變成了展場。一走進去便出不來似地，有的場地真的大得難以想像。

也真的展覽要夠大，展出的作品要夠多（超過兩萬件），且夠多樣，水準夠好，才夠讓人思考攝影的本質和現今的變貌。

走馬看花，攝影真是「苦」。報導類作品不斷定格人類的苦難——戰爭，天災，城市邊緣弱勢，汙染，社會不公不義，在在無非是苦。不但驚心動魄，而且鉅細靡遺。

而美麗的風景，自然生態，人文歷史，甚至人像，卻也仍然是悲哀的。因為拍下的瞬間永遠是過去的了，逝去的，不再留存的，光影的屍身。

所有呈現在相紙上的，現實裡都已不再存在。

攝影這項藝術簡直就是為和時間辯證而生，為定義死亡而發明。

而攝影者呢？一個個把臉埋在攝影機後，屏息凝神，食指猛按，鏡頭瞬間如機關槍掃射過千百「物象」。萬中求一，只求其中有一張符合「心象」。而往往不可得。這其中有貪婪，也有絕望。

攝影究竟是引導，還是阻擋了人類的眼睛真正去「看」？

天眼無界，法眼難逃，佛眼無見。

如今人手一機，隨拍隨貼，既「解放」了攝影，也讓攝影陷入了「平庸」的浩劫。

在平遙古城邊走邊拍，好幾個整天下來，突然想到：放下相機，何等自在?!

流動的書齋
——序劉道一的詩集《碧娜花園》（爾雅出版）

想像一個對文字極端敏感，對文字所衍生的一切美好事物充滿想像的年輕人，獨坐位於北京市區一方書齋，四壁皆立著排滿詩集的書架，牆上掛著一幅陳丹青的油畫，和一幀作家木心站立於紐約街頭的黑白照片，椅子後方一張碧娜．包許的演出海報。也許偷偷闖入的你對他的抽屜有興趣，拉開一看，有幾枝寫詩專用的自來水筆，各種西方世界的戲劇，藝術表演，畫展等等的宣傳單，撕過的各類文化表演的入場券，包括各大城市的博物館、美術館和音樂會，一本認認真真的日記，和幾封寫了一半的給台灣朋友的信。

這樣的空間的氛圍，似乎每個詩人年少時都試圖營造過。如今甚至溢出了個人的書房，流向了普羅咖啡店，茶藝館，藝廊，古玩店，和林林總總的不同商家。

「詩意的居住」。海格德仰慕詩，詩人，詩的語言。彷彿要了解一位詩人，他的詩，最好最直接的方式，便是走入他最私人的空間——書房，坐在詩人平日寫作的位置，感覺一下座椅的高度和硬度，俯仰觸目所及，便是一個詩人的全部世界。

我對劉道一的理解和了解，還未到「走入他的書齋」的地步（也真的是沒去過），但劉道一是那種「把書齋隨時帶在身邊」的人。一如海明威說年輕時待過巴黎的人，一輩子都會把巴黎帶在身邊，巴黎是「一場流動的盛宴」。劉道一帶著他詩意洋溢的書齋四方行旅，不定期出沒，又似鴻雁有信，尤其在台灣。

哲學式的抽象語言，主題絕對是知識文化人的挑剔，潔癖，神經質之下的關注與關照，其中又不乏自戀與自省（多麼矛盾！），是不折不扣小眾中的小眾，精英中的精英；劉道一的詩不是勞動人民流離長征在黑夜荒野昇起的篝火，卻更合適在台北深夜街頭的小酒館沙龍邊品味邊佐以上好葡萄酒及乳酪。

有隔。絕對有隔。讀劉道一詩的興味之一，便在這「隔」上琢磨。然後突然就進去了，走進他所說的「不可見的可能」裡去。

「打開未知，在這裡相遇。」劉道一說。如此盛情邀請。

詩人決意要寫「未知」的詩，而未知。是一個力量，「未知」的力量。他說，充滿對自我的期許。

妙的是他在邊界手記（代序）裡，對於自己的創作作了最深入而且準確的描述和剖白，誰說詩人本身不是他自己作品的權威？讀懂了邊界手記，方才得到進入劉道一的詩世界的通行證。在詩人以類似佛菩薩之強大意念所創造的「詩淨土」裡，他「跨越過去與未來的距離，超越孤獨與寂寞的障蔽」，「在存在中發現虛無，在語言中沉澱焦慮」，並且「想像的空間隨焦距拓展」——劉道一於他「流動的書齋」中碧落黃泉，上下求索，悠遊於各類藝術，文化，歷史與國度，企圖從他壓縮到極致的詩句裡生出無數宇宙，這「納須彌於芥子」的工夫與境界，與背後的意圖，令人讚嘆。

但也誠如他自己所言：以意象織就的心路歷程：脫胎，見反骨。是的，劉道一對現實與生活的批判也是絲毫不離詩人本色的，銳利，淋漓，卻又極其迂迴，抽象，掉書袋。這「脫胎」是可見的物境，「反骨」卻還在「不可見的可能」。

究竟劉道一的詩是「文章千古事，得失寸心知」的超越灑脫呢，還是「既爭一時，又爭千秋」的生猛巨獸呢？

我深深期待著。未知。而未知是一種力量。未知的力量。

期望與「人」相遇

在一次展覽中偶遇豔芳和她的人像作品。在讀過蘇珊．宋坦格的「論攝影」和羅蘭．巴特的「明室」之後，正是我處於對拍攝人像極度戒慎恐懼的時期，深怕自己是提著相機當機關槍，對著另一個人類和他的生活，肆無忌憚地掃射的「相機入侵者」。

二〇〇八年和朋友同遊古巴，就為了這件事和朋友吵了起來。我堅持必須和被拍的人成為朋友或事先徵求對方同意，才能拍。而朋友卻是一路對著拉丁美女毫無節制地猛按快門，甚至惹人生厭至拿包包遮臉的地步。果然回台後檢視我相機裡的成果，人的部分都是風景裡淡淡的剪影，或者和周遭景物同為構圖的一部分，沒有一張是針對「人」的特寫。不拍人對愛好攝影者是一項損失？我卻始終視為我消極的成績。

因此在展場上對豔芳的人像作品特別留意。發現我們到過許多共同的較少一般遊客去的地方，比方北印度的藏人古國拉達克，西藏，緬甸等。也驚訝每個人眼睛所見事物的巨大差異，誠如佛家言，人的思想感覺都還是處於業力之流裡，當一個拍照者的「心」，「眼」和

「外境」在某個因緣俱足的瞬間當下，三者連成了一直線，手指按下了快門，便有了一張所謂的「相片」。相片影像再經過「識」的挑選和塑造（包括沖片，電腦後製，影像輸出等細節），便有所謂的一張「作品」。因緣際會被我的眼睛看過。

拍攝的「對象」其實往往也就是自己內在自我的投射。也是補償與渴求。

因此豔芳的創作歷程和我的彷彿各自走在光譜的兩端。看著她一張張色彩瑰麗，人物表情鮮明，地方文化特色分明濃烈的人像作品，內心是又嫉妒羨慕，又戒慎恐懼。

如何才是與「人」相遇最恰當適宜的方式？藝術的追求真的高於一切人道或宗教的考量？或者這裡真正的問題是：怎樣才能與「人」（也就是真正的自我）相遇？

也許所有藝術的追求，都不過是期待真正相遇的那一瞬間的電光石火罷？

與豔芳共勉。

蝴蝶哪裡去了？

四月三十日清晨，在陽台上澆花時，發現一隻白底黑條紋的蝴蝶死在花壇上，週圍是幾株春天盛開的蝴蝶蘭老根，以及數朵紫色帶褐的落花。

訝異：養花多年，倒是頭一回見到蝴蝶死在花下。想起一句詩：「每一隻蝴蝶都是花的魂魄，飛回來尋找他的前世？」

想起六〇年代那首風靡全球，通俗悅耳的反戰歌曲：「花兒不見了？」（where have all the flowers gone?）花，女孩，男孩，在戰爭亂世裡最終都隨愛情進了墓園。

還有傳說中的象塚。似乎象能預知自己的死期，死前即離開群體，獨自覓得神秘的死地。由於象牙珍貴價昂，象塚遂成為商人覬覦尋找的目標。

也記得電影「小巨人」裡那位預知自己天數已盡的印第安老巫師，帶著達斯汀·霍夫曼去到他的歸天福地——一片一望無際的大草原中央，跳了一陣祈禱的舞蹈，然後躺下來等死。原來得道者是可以有這樣自由自主而且莊嚴優雅的死法的。

然而躺了沒多久，天公不作美，草原上飄下了雨點，而他並還沒有死。他只好又爬起來，和達斯汀．霍夫曼淋著雨狼狽地一起回部落。

現代文明裡，人類永遠失去了預知死期的能力，子女把年邁重病的親人往醫院一送，無論任何手段，指望人可以永遠不要死。有朝一日輪到自己也是一樣。同時人類也失去了挑選死地的能力。古人希冀在家中壽終正寢，子女圍繞一個也不少；現代人多走在陌生的病房裡，身上插滿管子，不但毫無尊嚴還備極醜態，文明對人類最大的凌遲，莫此為甚。而殯葬已成高度專業化的行業，極有效率且任君要求，轉眼朽敗肉身化為一杯骨灰，死者不嚕嗦，生者有面子。怪不得一位美國醫師寫了一本「死亡的臉」（how we die?），立刻成為排行榜暢銷書，因為對死亡逐漸陌生的現代人，誰都想知道人從病危到嚥下最後一口氣，這其間的過程究竟如何。

未知生，焉知死。現代人原是生也矇昧，死也糊塗，萬般不由已。

五月二日得知詩人周夢蝶的死訊。年少隨軍隊來台。學佛習詩。單身未娶。孑然一身。走時既無所謂「正寢」，也無親人隨伺。一如我從小身邊圍繞的那群身世相仿的軍職叔叔伯伯們。他們從未想過要埋骨台灣，但畢竟埋骨台灣。埋骨何須桑梓地，人間到處有青山。

這「到處」兩字，藏了多少苦痛辛酸？

回顧周伯伯的一生裡，同樣處處透顯著這「到處」。這些是在他的詩裡從來讀不到的。世間安得雙全法，不負如來不負卿。如來和卿有什麼可負？人間唯一可負的是父母妻子罷！

一路好走，周伯伯！

蒼老又童稚的靈魂

——評谷川俊太郎「二十億光年的孤獨」及「詩選」（合作社）

前年的台北詩歌節因詩人田原的介紹，結識了谷川俊太郎先生。安靜，目光桀皪，精神翼翼，除了必要的話不發一語。彷彿見過這等活動場面無數次，寒暄，簽名，交換詩集與名片，談詩，都有些公事公辦，行禮如儀的味道。

後來才知道，他是全日本（或者也可以說是全世界）唯一，可以只靠寫詩就能過上優沃生活的詩人。我的直覺他就是言行合一，毫無虛飾的作者。

光憑詩集能本本大賣這一點，我認為就值得許多台灣讀者（包括詩人），買一本谷川的詩集來研究研究。

也才明白世界上有人是這樣寫詩的：抱著工匠藝人的心態，把寫詩當作一門「手藝」鑽研，是用來謀生的。

難怪之後琢磨了半晌，終於確定谷川和我見過的大部分詩人最大不同之處：沒有文人那股「腔」。

隔了年餘，終於盼到了詩歌節手冊上之外的，整整兩大本谷川的中文譯詩。這「相見恨晚」的激動，絕對是近年讀詩少有的經驗。

由人而詩，谷川的人和作品呈現「天生天才」驚人的一致性：赤子童心與深邃蒼老的靈魂揉合而成的靈視，在一句一句簡潔又可以無限輻射聯想的詩間閃動。很難想像「二十億光年的孤獨」是廿一歲人的作品，但第二本「詩選」才是重頭戲，兩本並列跳讀，才更明白，原來即使是天才，也是有過程的。愈後期的作品鑿痕愈少，境界愈高，形式內容愈合一，而且有愈「返老還童」之勢。而時間，死亡，宇宙，生命種種大惑，在他早年的創作裡就已經是主題，這些看似嚴肅沉重的題材，谷川舉重若輕，深刻，幽默，步步從生活出發，毫無隔膜，有時甚至讀到會心處，忍俊不禁。

當然田原的譯筆是一大功臣，身兼詩人，學者和譯者三重身分，田原譯出的谷川固然可以說是「世界」的和「中文」的，但竟然也能讀出其中日文特有的韻味和文化特質。再一次見證了藝術上，往往愈是個人的，民族的，私密的，也就愈是深入的，普世的，全人類的。

記得詩人瘂弦曾概括式地總結：中國人是擅長詩的民族，而日本人是擅長小說的民族。而身為「第一位被中國人接受」的日本現代詩人，谷川可謂極稀少又稀少的一個例外了！

二〇一六年一月十四日

【後記】

散文，從來不是我下筆的選擇

——為我散文集「欵」說幾句話

從來我就只是個詩人，不是別的。如果我曾寫過散文、劇本、小說，乃至歌詞，於我，這些都是詩的變形，或者一部分。對我而言，散文太囉嗦，太缺少文字的藝術性，承載太多「道」，太過老實一板一眼，太長。於我也沒有所謂散文詩，散文詩就是詩。因此我寫散文時其實是不甚快樂的，只覺「案牘勞形」。不似詩直指我心，又可揮灑變化，又少少幾個字。而我竟然就又要出版一本散文集了，結結實實十萬字餘，可見我平時有多「努力」又不快樂。

文學從不是「出賣勞力」的事，但寫散文時就隨時可以聞得到那股用力的汗轟轟的味道。相較於飛翔的詩，散文犁著田土，指望著莊稼。散文依附實際，「出賣原料」。出版散文，我很樂意讓人看見我的這一面：實際，膽小，自私，步步為營，好譏諷。是的，散文暴露太多的我，但同時也遮蓋太多的我。所謂「真實」從來不是靠真實呈現，人眼只能從「扭曲」當中瞥見真實。我希望大家在我的散文中，看到許多「扭曲」。

陳克華

二〇一九年四月十六日

陳克華創作年表

詩集

1.《騎鯨少年》蘭亭書店，1983年6月，詩集。
蘭亭書店，1986年7月，詩集。
騎鯨少年　小知堂。2003年12月，詩集。
2.*日出金色（四度空間五人集）文鏡文化事業，1986年12月，詩集。
3.《星球紀事》時報文化出版公司，1987年9月，詩集。
《星球紀事》遠流出版社，長詩合集，元尊文化，1997年6月。
4.《我撿到一顆頭顱》漢光文化公司，1988年9月，詩集。
我撿到一顆頭顱，麥田，2002年6月，詩集。
5.《我在生命轉彎的地方》圓神出版社，1993年10月，詩集。

我在生命轉彎的地方　小知堂，2004年1月，詩集。

6.《與孤獨的無盡遊戲》皇冠出版社，1993年8月，詩集。

7.《欠砍頭詩》九歌出版社，1995年1月，詩集。

8.《美麗深邃的亞細亞》書林出版公司，1997年4月，詩集。

9.《別愛陌生人》遠流出版社，元尊文化公司，1997年6月，詩集。

10.《新詩心經》歡喜文化出版社，1997年8月，詩集。

11.《看不見自己的時候》探索文化公司，1997年12月，歌詞和插畫書集。

12.《因為死亡而經營的繁複詩篇》探索文化公司，1998年8月，詩集。

13.《花與淚與河流》書林出版公司，2001年7月，詩集。

《花與淚與河流》書林出版公司，2015年6月，詩集。

14.*桂冠與蛇杖——北醫詩人選，九歌出版社，2005年4月，詩集。

15.《善男子》九歌出版社，2006年8月，詩集。

16.《我和我的同義辭》角立，2009年2月，詩集（中英對照）。

17.《心花朵朵：陳克華的心經曼陀羅》台灣明名文化，2010年1月，詩＋插畫＋攝影。

18.*妖怪純情詩，心靈工坊，2010年1月，詩集。

19.＊看見看不見的空間＝Beyond seeing／鄭慧正圖文；陳克華詩，二魚文化，2010年6月，詩。

20.寂寞．Autopsy 香港中文大學，2011年11月，詩集（中英對照）。

21.阿大，阿大，阿大美國：陳克華2000-2008，詩集，角立，2012年5月，詩集。

22.BODY身體詩，基本書坊，2012年5月，詩集。

23.當我們的愛還沒有名字，釀出版，2013年1月，詩＋攝影。

24.漬，釀出版，2013年7月，長詩集＋攝影作品。

25.一：陳克華詩集，釀出版，2015年4月，詩集。

26.乳頭上的天使：陳克華情色詩選1979-2013，釀出版，2016年6月，詩集。

27.《你便是我所有詩與不能詩的時刻》。斑馬線文庫，2017年3月，詩集。

28.《嘴臉》。斑馬線文庫，2018年8月，詩集。

散文集

29.《愛人》漢光文化公司，1986年7月，散文。

30.《給從前的愛》圓神出版社，1989年3月，散文。
給從前的愛，小知堂，2004年5月，散文。
31.《無醫村手記》圓神出版社，1993年4月，散文。
32.《惡聲》皇冠出版社，1994年12月，散文。
33.《在城市中迷失的地圖》元尊文化公司，1998年8月，散文。
34.《顛覆之煙》九歌出版社，1998年8月，散文。
35.《我和我的花痴妹妹》春天出版國際文化公司，2003年2月，散文。
36.《哈佛．雷特》九歌出版社，2003年3月，散文。
37.《夢中稿》小知堂文化公司，2004年2月，散文。
38.《寂寞的邊境：陳克華的視界地圖》小知堂文化公司，2006年1月，散文＋攝影。
39.《我旅途中的男人》原點出版，2007年，散文＋攝影集。
40.《老靈魂筆記》聯合文學，2012年3月，散文。
41.《我的雲端情人》二魚文化，2013年4月，散文。
42.《該丟棄哪隻》九歌出版社，2014年3月，散文。
43.《樓下住個GAY》二魚文化，2016年6月，散文／小說。

小說

44.《陳克華極短篇》爾雅出版社，1989年1月，小說。
《陳克華極短篇》爾雅出版社，1990年。

45.《愛上一朵薔薇男人》遠流出版公司，1997年8月，小說。
愛上一朵薔薇男人，元尊文化，1998年8月。

46.*絕情書，遠流，1997年1月，小說。

劇本

47.《毛髮》行政院文建會，1981年，劇本。

翻譯

48.《14天克服你的焦慮》光潽文創，2016年7月，翻譯。

國家圖書館出版品預行編目（CIP）資料

欸 / 陳克華著 . -- 初版 . -- 新北市 : 斑馬線 , 2019.05
面； 公分

ISBN 978-986-97308-6-0（平裝）

855 108006355

欸

作　　者：陳克華
主　　編：施榮華
書封設計：MAX

發 行 人：張仰賢
社　　長：許　赫
總　　監：林群盛
主　　編：施榮華
出 版 者：斑馬線文庫有限公司
法律顧問：林仟雯律師

斑馬線文庫
通訊地址：235 新北市中和區景平路 101 號 2 樓
連絡電話：0922542983

製版印刷：龍虎電腦排版股份有限公司
出版日期：2019 年 5 月
ISBN：978-986-97308-6-0
定　　價：350 元

版權所有，翻印必究

本書如有破損，缺頁，裝訂錯誤，請寄回更換。